KB253487

송진용 新무협 판타지 소설
패왕투
霸王鬪

# 패왕투 3

송진용 新무협 판타지 소설

초판 1쇄 찍은 날 § 2007년 1월 29일
초판 1쇄 펴낸 날 § 2007년 2월 5일

지은이 § 송진용
펴낸이 § 서경석

편집장 § 문혜영
편집 § 서지현 · 심재영

펴낸곳 § 도서출판 청어람
등록번호 § 제1081-1-89호
등록일자 § 1999. 5. 31
어람번호 § 제2-1115호

주소 § 경기도 부천시 원미구 심곡1동 350-1 남성B/D 3F (우) 420-011
전화 § 032-656-4452  팩스 § 032-656-4453
http://www.chungeoram.com
E-mail § eoram99@chollian.net

ⓒ 송진용, 2007

ISBN 978-89-251-0489-8 04810
ISBN 978-89-251-0486-7 (세트)

|덫|

③

# 霸王鬪

가장 지독한 원한, 그리고 가장 지독한 사랑, 그건 서로 같은 거야. 나를 미치게 하거든.
강렬한 주인공이 있고, 막강한 원수가 존재하며, 그들 사이에도 몇 명의 여인이 있다. 현실에서는 불가능한
통쾌한 활극과 모험이 펼쳐진다!

# 패왕투

## 송진용 新무협 판타지 소설
### Fantastic Oriental Heroes

도서출판 청어람

# 목차

第一章
흘러간 것은
다시 돌아온다

# 第一章

청년.

얼마 전부터 최명흑선(催命黑扇)이라는 별호를 얻고 세상에 알려지기 시작한 상목기(商木機)의 눈에서 뜨거운 눈물이 흘러내렸다.

입술을 악물고 있지만, 두 볼이 참기 힘든 격정으로 푸들푸들 떨리고 있다.

그 곁에 서서 굳은 침묵을 지키고 있는 중년의 사내, 투호쌍편(鬪虎雙鞭) 소초운(蘇草雲)의 창백해진 얼굴에도 눈물이 흘러내리고 있었다.

백불산 동쪽 기슭에 우뚝 솟아 있는 하얀 바위가 하나 있는

데, 멀리서 보면 미륵 부처가 산을 딛고 서서 하계(下界)를 굽어보는 듯한 형상이었다.

백불산(白佛山)이라는 이름의 유래가 된 그 바위 아래에서 상목기와 소초운은 울창한 송림 저 건너, 골짜기를 메우고 서 있는 흑룡장이 불타는 걸 바라보고 있었다.

비명 소리와 아우성 소리가 산 동쪽 능선 위까지 들려왔다. 바람에 실려오는 불 냄새와 그보다 더 지독하고 역겨운 냄새들.

상목기가 숨을 깊이 들이마셔서 그 냄새를 폐부 가득 빨아들였다. 그들의 죽음을 제 몸 안에 받아들이고 있는 것이다.

"잊지 않겠어!"

어금니를 악물고 스산하게 말한다.

이 산 정상에서 은밀한 회합을 가졌을 때, 장주 강동산의 경솔했던 행위를 탓하고 핍박했지만 그의 몰락을 지켜보는 지금은 마음속 가득 저 불길보다 뜨겁고 격렬한 분노가 차 올랐다.

그건 소초운도 마찬가지였다. 강동산과 그는 오랜 친구 아니던가. 그 친구에게 짐을 지워 사지로 몰아놓고 나는 홀로 이렇게 살아 있다는 자책 때문에 소초운은 피가 나도록 입술을 악물었다.

"섭철곤이 맞지요?"

상목기의 울음을 머금은 물음에 소초운이 역시 어눌한 음성으로 대답했다.

"그렇게 큰 칼을 부지깽이처럼 휘두르는 자는 세상에 오직 그 한 사람이 있을 뿐이라네."

"으드득!"

상목기의 이 가는 소리가 끔찍하게 들려왔다.

소초운도 부끄러운 걸 잊고 소매로 눈물을 훔치며 이를 갈았다.

"다음에는 내 차례다. 반드시 오늘을 잊지 않고 기억해 두겠어."

"소 형님, 흑룡장이 사라진 지금 형님의 태음곡은 우리 회(會)에서 더욱 중요한 곳이 되었습니다. 소제의 생각에는 함부로 판단할 일이 아닌 것 같군요."

"회주님께서는 이 일에 대해서 뭐라고 하실까?"

"저나 소 형님을 꾸짖으실 겁니다. 어쩌면 벌을 내리실지도 모르지요."

상목기와 소초운의 얼굴빛이 하나같이 어두워졌다.

강동산은 저와 흑룡장을 희생시키면서 회의 비밀을 지켰다. 그러므로 그의 죽음은 영웅적이다.

그와 끝까지 함께하면서 죽음마저 같이한 정령개 등의 행위 또한 영웅적이라 아니 할 수 없다.

남아 있는 자들이 할 일은 그들의 죽음과 희생이 헛되지 않게 하는 일일 것이다. 그리고 복수다.

소초운이 주먹을 움켜쥐고 번쩍이는 눈으로 뚫어지게 산 아래를 바라보았다. 거기 이제는 불길마저 사그라지고 있는 폐허가 있었다.

＊　　　＊　　　＊

콰콰콰콰—

웅장한 폭포 소리가 귀를 먹먹하게 한다.

몇 개의 깊은 웅덩이를 지나 빠른 개울이 되고 강으로 흘러들어 바다에 이르는 그것의 물줄기.

깊은 골짜기를 적시며 흐르는 맑은 물은 사시사철 그만했다. 넘치지도 않고 마르지도 않는다.

언제나 으르렁거리며 콸콸 흘러내려 가는 폭 넓은 골짜기의 물길.

그 계곡 가에 위태롭게 서 있는 낡은 모옥(茅屋) 한 채가 있었다.

뒤에는 울창한 숲을 병풍처럼 둘렀고, 앞은 계류(溪流) 위로 뻗어나와 있다. 골짜기에 몇 개의 기둥을 박고 그 위에 나무판을 깔고 난간을 세웠으니 물 위에 뜬 집과 같았다.

그 난간에 기대어 빠르게 흐르는 물 위에 낚싯대를 드리우고 있는 백발의 노인이 있었다.

낡았지만 깨끗한 흰옷을 입었고 짚신을 신었다. 상투를 튼 머리에 나뭇가지 하나를 동곳 대신 꽂고 있는 것이 영락없이 속세를 떠난 은자(隱者)의 모습이었다.

홀로 물결을 놓아 보내며 한가로이 떠 있는 낚싯대. 가느다란 그것의 끝이 일렁이는 물에 잠겼다가 떠오르곤 했다.

고기들은 물지 않았다. 게으른 낚시꾼을 비웃고 있으리라.

난간에 앉아서 물을 바라보는 것도 아니고 산을 바라보는 것도 아닌 채 노인은 지그시 눈을 감고 있었다.

얼마나 시간이 흘렀을까. 저쪽, 우거진 소나무 숲 속으로 나 있는 작은 오솔길 위로 한 사람의 모습이 보였다.

역시 노인인데, 검은색으로 물들인 후줄근한 마의(麻衣) 차림에 나뭇가지를 꺾어 지팡이 대신 짚고 있었다.

흙이 덕지덕지 달라붙어 있는 짚신을 신었고, 둘둘 말아 올린 바짓단 아래로 시커먼 종아리가 드러난 채였다. 삼단처럼 흰 머리카락을 대충 틀어 올린 다음에 칡넝쿨을 찢어 묶었는데, 눈썹과 수염이 다 희었다.

주름 가득한 얼굴이 거뭇거뭇하고 눈빛은 맑다. 등에 삼태기를 지고 있는 것이 심산을 찾아 떠돌며 약초를 채집하는 산골 늙은이의 모습이었다.

노인이 지팡이 삼은 나뭇가지로 땅을 콩콩 찍으며 느릿느릿 모옥을 향해 다가왔다.

낡은 나무 계단 앞에서 툭툭, 발을 차 짚신에 묻어 있는 흙을 털고 안으로 들어선다.

방과 주방, 거실의 구분이 따로 없이 그냥 툭 터진 낡고 어두컴컴한 공간이었다. 나무 썩는 냄새와 퀴퀴한 곰팡내가 먼지처럼 떠돌고 있다.

그 바깥쪽, 밝은 빛으로 가득 차 흐릿해 보이는 난간에 기대어 앉아 있는 흰옷의 깨끗한 노인이 보였다. 눈이 부시다.

"빌어먹을 놈의 늙은이 같으니. 나는 이 고생을 하건만 저는 저렇게 병든 닭처럼 꾸벅꾸벅 졸고 있구나."

낮은 투덜거림 끝에 팔자타령을 했다.

"제기랄, 저놈과 내 팔자가 이렇게 다를 수 있나 그래."

눈을 비비며 투덜거린 노인이 일부러 발소리를 크게 내며 다가가지만 흰옷의 노인은 졸음에서 깨어나지 않았다.

"이놈아!"

검은 마의의 노인이 버럭 소리치자 비로소 눈을 뜬 흰옷의 노인이 돌아보고 빙긋 웃었다. 주름이 가득하지만 맑고 깨끗한 얼굴이다.

"왔구나. 고생했다."

"흥, 고작 그 말뿐이냐?"

"앉아라. 물소리가 참 좋다."

"좋기도 하겠지, 빌어먹을 놈 같으니."

검은 옷의 노인이 매섭게 눈을 흘기지만 흰옷의 노인은 빙긋 웃기만 했다.

그게 더 약이 오르고 화가 나는지 검은 옷의 노인이 등에

지고 있던 삼태기를 팽개치듯 내려놓았다. 그리고 버럭 소리친다.

"네 귀에는 죽어가는 불쌍한 놈들의 비명 소리가 들리지도 않더냐?"

"이 산을 둘러봐라. 새도 죽어가고 사슴도 죽어가고 나무도 죽어간다. 저 물속의 고기도 죽어가지. 그리고 너와 나도 이렇게 죽어가고 있지 않으냐?"

"뭐라고?"

"세상이 온통 죽어가는 것들로 가득 찼으니, 내 귀에는 종일 그것들의 울음소리가 들린다."

"또 그놈의 헛소리."

지겹다는 듯 흑의노인이 눈살을 찌푸리지만 백의노인은 아랑곳하지 않았다.

"하지만 그만큼, 아니, 그보다 몇 배나 더 많게 새로 태어나고 자라는 싱싱한 생명들이 가득하지."

"……."

"가만히 귀를 기울여 봐. 죽어가는 것들의 애처로운 신음소리와 새롭게 태어난 것들의 재잘거리는 노랫소리가 함께 들릴 게다. 세상이란 그런 거야."

"집어치워!"

"쯧쯧…… 너도 이제는 마음의 칼끝이 무뎌질 때가 되지 않았느냐? 자연의 순리에 눈 뜰 때가 되지 않았느냐?"

“빌어먹을 늙은 놈아!”

흑의노인이 깡마른 주먹마저 불끈 움켜쥔 채 꽥, 소리쳤다.

“백불산의 흑룡장이 불타 무너지고 강동산이가 장렬하게 죽었단다. 살아난 것들이 하나도 없대!”

“흑룡장이…….”

“화천비룡대의 짓이란다. 섭철곤이가 다시 나와서 고작 그 짓을 하고 돌아갔다는군.”

“으음—”

백의노인이 깊은 침음성을 흘렸다. 슬며시 흑의노인의 이글거리는 눈길을 피해 무심한 계류를 바라보는데, 비로소 눈빛이 어두워지고 얼굴에 슬픈 기색이 가득해졌다.

노려보던 흑의노인이 한숨과 함께 말했다.

“류라고 하는 새파란 애송이 한 놈이 새롭게 떠올랐단다.”

“류?”

“이 빌어먹을 골짜기에 처박혀만 있는 네놈이 알 리가 없지.”

“그렇겠지. 그런데 그 아이가 어쨌단 말이냐?”

“혼자서 백무향과 왕상, 장취모에 왕령까지 모조리 때려 죽였다더라.”

“뭐라고?”

백의노인이 제 귀를 의심한다는 듯한 얼굴로 되물었다. 흑의노인은 발을 구르고 분한 숨을 내쉰다.

"섭철곤, 그 뒈지지도 않는 개놈은 뒷짐 지고 구경만 했다는 거야. 이게 말이 되냐?"

묵묵히 생각에 잠겼던 백의노인이 중얼거렸다.

"그새 조작량이 쓸 만한 아이를 하나 길러낸 모양이군. 애석하다, 애석해."

"뭐가 말이냐?"

"젊은 녀석이 그 정도의 성취를 이루었다면 보기 드문 인재라고 해야겠지."

"그건 그렇지."

"그런 자가 우리와 인연이 닿지 않고 조작량에게 간 걸 보면 하늘은 아직 조작량의 편에 있는 모양이다."

"너는 그 애송이가 조가의 제자라고 짐작하는 거냐?"

"그렇지 않고서야 어찌 그럴 수가 있겠어? 섭철곤과 나란히 왔다니 의심할 여지가 없다."

"하긴……."

노기등등하던 흑의노인도 갑자기 풀이 죽어서 맥없이 고개를 끄덕였다. 그러다가 다시 활기 가득한 얼굴이 되어서 히죽 웃는다.

감정의 변화가 무쌍한 노인이었다.

"그래도 우리에게는 그 아이가 있지 않느냐? 빌어먹을 하늘이 우리나 조작량에게 똑같이 기회를 준 거야. 그러니 아직 기회는 있다."

“상목기를 말하는 것이냐?”

“그놈이 최근에 최명흑선이라는 그럴듯한 별호마저 얻었다더라. 그러니 그놈도 쓸 만한 놈 아니냐? 우리가 공들여 가르친 보람이 있는 게야.”

“그렇겠지.”

백의노인이 머리를 끄덕였다. 하지만 얼굴에는 어두운 기색이 있었다. 흑의노인이 의아해져서 물었다.

“왜 그러느냐?”

“한 가지 걱정은 그 아이의 감정이 너를 닮아서 변덕이 심하다는 것이다. 고집 또한 거기에서 나오는 것이지.”

“지금 나를 욕하는 거냐?”

“장차 목기가 제 틀을 깨고 더 높이 오르기 위해서는 무엇보다 마음의 평정을 얻고 다음에는 자기를 비워야 한다. 그런데 그 녀석은 너의 영향을 너무 많이 받았어.”

“이런 빌어먹을 늙은이 같으니라구. 그러니까 내가 목기를 잘못 가르쳤다는 거냐? 그래?”

“잘 가르치고 못 가르치고가 아니라 목기의 성품이 너와 비슷하다는 게 걱정된다는 거다.”

“내가 어때서? 듣자듣자 하니 네가 아주 작정을 하고 내 욕을 하는구나!”

흑의노인이 노성을 지르며 옷소매를 걷어붙였다. 당장 달려들어 상투라도 붙잡을 듯한 기세다.

백의노인이 한숨을 쉬었다.

"에휴— 그만두자, 그만둬. 그게 다 그놈의 팔자일 테니 어쩌겠느냐?"

"나는 못 그만두겠다! 실컷 욕을 해놓고 이제 와서 그만두자고?"

"정 분하다면 너도 내 욕을 하렴."

"못할 줄 알고? 너 늙어 뒈지지도 않는 놈은 늘 체면만 찾고 점잔만 뺄 줄 알았지 똑 부러지게 일 처리 할 줄을 모른다."

"……."

"너처럼 우유부단하고 유들유들한 것들은 정작 급할 때는 전혀 쓸모가 없어!"

"흘흘—"

"장차 큰일을 눈앞에 두고 있는데 목기가 너를 닮아서 흐리멍덩하고 우유부단해 봐라. 대체 뭐가 되겠느냐?"

"……."

"그래서야 어떻게 선조들의 한을 풀고 우리가 빼앗긴 하늘을 되찾을 수 있겠어?"

이제는 백의노인이 말을 하지 못했다. 난간을 걷어차며 소리치는 흑의노인 앞에서 묵묵히 인내할 뿐이다.

"우리 천명회(天命會)의 앞날은 오직 목기 그 녀석에게 달려 있는데, 너는 그 아이를 헐뜯기나 하고 있으니 그게 회의 우두머리 된 자로서 취할 태도냐?"

"이제 그만 하자. 내가 잘못했다."

백의노인이 한숨과 함께 손을 내저었다. 아직 흑의노인은 화가 풀어지지 않은 듯했고, 백의노인 역시 얼굴에 드리운 그늘이 가시지 않았다.

한동안 두 노인 사이에 서먹서먹한 침묵이 흘렀다.

"그나저나 말이지……."

흑의노인이 조금 전의 제 말이 미안했던지 힐끔힐끔 눈치를 보면서 말을 꺼냈다.

"흑룡장을 잃었으니 어쩌면 좋으냐?"

"섭철곤이 대체 무엇 때문에 흑룡장에 찾아온 거지? 설마 우리 회에 대해서 눈치를 챈 건 아닐까?"

"그럴 리가 없다. 내가 들은 바로는 강동산 그 어리석은 녀석이 먼저 지존보를 건드렸다고 하더구나. 그것 때문에 조작량이 단단히 화가 났던 모양이야."

"강동산이 왜?"

"염가연이라나 뭐라나 하는 계집애 하나가 지존보에서 나왔는데, 강동산이가 그년을 사로잡을 작정을 했더란다."

"뭐라고? 아니, 그 녀석이 왜 시키지도 않은 일을 해서 스스로 화를 불러들였단 말이냐?"

백의노인이 눈을 크게 뜨고 의아해했다. 그러다가 이내 무엇을 깨달았는지 혀를 찼다.

“그렇구나. 제 사부를 살려내려고 꾀를 냈던 거야. 미련한 녀석 같으니, 쯧쯧…….”

흑의노인이 침통한 얼굴을 끄덕였다.

“맞다. 그 미련한 녀석은 계집애를 잡아서 조작량을 협박하려 했단다. 제 사부와 바꾸자고 말이다.”

“그 계집애가 조작량의 딸이라도 되는 거냐?”

“아무 상관도 없단다. 그저 지존보의 옥봉각주라더군.”

백의노인이 머리를 갸웃거렸다.

“그렇다면 더욱 이상하군. 강동산이가 바보가 아닌데 어째서 조작량이 그녀와 제 사부를 바꿀 것이라고 여겼을까?”

“조작량이의 첩이라도 되는 모양이지 뭐.”

비웃는 말에 백의노인이 놀란 듯 눈을 크게 뜨고 물었다.

“뭐라고? 아니, 대체 그의 나이가 몇 살이고 그 아가씨의 나이가 몇 살인데?”

“내가 알 게 뭐냐? 조작량은, 어디 보자…… 그렇지. 내후년이면 환갑이 되는구나. 참 세월 빠르다, 빨라. 그놈이 벌써 환갑이 되다니 말이다.”

“그럼 그 아가씨는?”

“듣기로는 스물 서너 살 되었다더라.”

입을 딱 벌린 채 흑의노인을 물끄러미 바라보던 백의노인이 낮게 웃었다.

“흘흘, 그런데 조작량의 애첩이라고? 너같이 아무 생각 없이 사는 바보들이나 그 말을 믿겠지."

백의노인이 비웃었지만 흑의노인은 심각했다. 그가 머리를 갸웃거리며 말한다.

"그렇다면 어째서 그 어린 계집애를 그렇게 위한단 말이냐? 강동산이가 그 계집애를 귀찮게 했다는 이유 하나만으로 흑룡장을 아예 몰살시켜 버릴 만큼 말이다."

"그 안에는 우리가 미처 알지 못하는 다른 사정이 있을 것이다. 차차 알아보면 되겠지."

"흥, 나는 궁금해서 더 못 참겠다."

백의노인이 빙긋 웃고 다시 한 번 확인했다.

"그러니까 조작량은 단지 그 일 때문에 흑룡장을 노렸단 말이지?"

"이놈아, 그 싸가지없는 조가 놈이 우리가 살아 있다는 걸 알고, 우리 천명회의 존재를 알았다면 고작 흑룡장만 노렸겠어? 벌써 강호에 피바람이 불어도 여러 차례 불었을 거다."

"그렇다면 애꿎게 흑룡장만 희생된 거로군."

백의노인이 한층 낙심했고 흑의노인은 분노로 수염을 부르르 떨었다.

"그런데도 우리는 어쩔 수 없이 쥐새끼들처럼 숨어서 가슴만 조이고 있어야 하니 정말 한심하다, 한심해!"

"시간은 흘러가고 저 계류 또한 흘러가지. 하지만 언젠가는 구름이 되고 비가 되어서 다시 저 골짜기를 메우며 흘러온다. 그와 같은 거야. 지난 일들은 모두 흘러가 버려서 다시는 돌아오지 못할 것 같지만 그렇지 않다.”

“뭐라고 하는 게냐?”

“떠나간 것들은 결국 다시 돌아오게 마련이란 말이다. 천지자연이 돌고 돈다는 이치다. 그러니 우리가 꿈꾸는 밝고 광명한 세상도 반드시 되돌아올 거다.”

“조작량 그놈은 사라지고?”

“흥한 자가 멸하고 새로운 기운이 그 자리를 차지하는 거야 늘 있는 일이지.”

“호호호, 네놈의 말만 들어도 기분이 한결 나아지는구나. 제발 내 생전에 그날이 왔으면 좋겠다. 내 눈으로 그 조가 놈이 망하는 꼴을 꼭 보고 싶어.”

흑의노인이 이를 악물었다. 눈빛이 이글거린다.


*　　　*　　　*


그 무렵, 류는 섭철곤과 함께 지존보로 돌아와 있었다. 흑룡장의 혈겁에 자신 또한 단단히 한몫을 거들었지만 마음이 내내 개운치 못했다.

그는 어른에게 혼난 아이처럼 우울한 얼굴을 한 채 난향원의 동쪽 문인 ‘취향길문(取香吉門)’에만 나가 있었다.

하루 종일 하는 일 없이 기둥에 기대서서 우두커니 하늘만 바라보거나, 돌계단에 걸터앉아 멍하니 있을 뿐 말도 하지 않았다.

류가 공을 세웠다는 소문은 이미 지존보 내에 파다하게 퍼져 있었다. 그의 솜씨가 화천비룡대를 압도할 만큼 무시무시했고, 전왕 섭철곤이 제 몸처럼 아끼던 비연쌍검을 내주었다는 것도 비밀이 아니다.

그래서 지존보의 젊은 무사들은 모두 류를 두려워하는 한편 질투하기도 했다. 장차 그가 보주의 총애를 받아 높은 자리에 오를 거라는 말이 은밀히 떠돌았기 때문이다.

굴러온 돌이 박힌 돌을 빼낸다더니, 한낱 황룡문의 위사였던 자가 누구보다 빠르게 지존보의 핵심에 이르게 된다는 건 세상 모두의 질투를 받을 만한 일이었다.

도대체 그의 그 엄청난 무공이 어디에서 나온 것인지 알 수 없다는 것도 질투를 부채질했다. 소림이나 무당, 화산 같은 명문정파의 제자도 아니면서 강호의 대마두들을 한주먹에 때려잡았다니 기가 막힐 뿐이다.

인연이 있어서 어느 날 은거 기인을 만나 절학을 전해 받았다느니, 천애 절벽 아래에서 절세의 비급을 얻어 혼자 수련했다느니 하는 근거도 없는 말들이 빠르게 퍼져 나갔고, 믿음이 되어 자리 잡았다.

그러자 류에게 일찌감치 아부하려는 자들도 더러 생겨났다. 섭철곤의 부장으로 함께 흑룡장 원정에 나갔던 곽기가 그런 자였다.

그때는 류를 못마땅해하고 무시했는데, 류의 활약을 보고 나서는 태도가 돌변한 것이다.

"이봐, 대체 이게 무슨 짓이야?"

저쪽에서 다가온 곽기가 혀를 찼다. 계단에 걸터앉아 있던 류가 멍한 얼굴을 들어 그를 바라보았다.

"이런 데서 꾸벅꾸벅 졸기나 하고 있다니. 이래서야 독갈자의 체면이 서겠어?"

친밀함을 과시하듯 다가와 어깨를 툭툭 두드리고 곁에 나란히 앉는다.

"그러지 말고 천주님의 말씀을 따르게. 그러면 이처럼 따분한 시간을 보내지 않게 될 거야."

"왜? 천주께서 또 그 타령을 하셨소?"

"천주님뿐인가. 우리 모두 자네가 화천비룡대로 오기를 학수고대하고 있다네."

"일없소."

"고집머리 하고는, 쯧쯧―"

"나는 이곳이 좋소."

"백천수호대가? 쳇, 말이 좋아 사천(四天)이지, 기껏 애송이들이 거들먹거리며 노는 동네 골목 같은 곳이야."

곽기가 류의 귀에 입을 바짝 대고 속삭였다.

"자네와 어울릴 만한 놈들이 백천수호대에는 하나도 없어.

속 좁은 그놈들은 자네를 시기해서 따돌릴걸?"

"처음에는 당신도 그랬지."

"이 사람, 그때는 내가 자네를 몰랐으니 그랬지."

곽기가 짐짓 정색하고 나무랐다. 무안해진 얼굴을 감추려는 것이다. 류는 그저 피식 웃을 뿐이었다.

그가 떠나고 나자 기다렸다는 듯 검기령주인 기련빙화 단목향이 나타났다.

"좋겠다."

"응?"

"하늘 밖의 하늘이라는 화천비룡대의 부장이 몸소 찾아와서 격려해 주고 말이야."

류를 흘겨보며 이죽거리는 말에 노골적인 질투가 배어 있었다. 류가 빙긋 웃고 제 옆자리를 두드렸다.

"왔으면 앉아. 함께 하늘이나 구경하자. 오랜만에 정말 맑고 푸른 하늘이다."

"흥!"

코웃음을 쳤으면서도 단목향이 슬금슬금 다가와 류 곁에 앉았다.

사내에게서는 맡을 수 없는 독특한 체향이 코끝에 스친다. 코를 벌름거리던 류가 불쑥 말했다.

"참 이상한 일이야. 여자의 몸 냄새는 어째서 남자의 그것과 다를까?"

"뭐얏!"

발끈해서 일어서려는 그녀의 손을 류가 거침없이 붙잡았다.

"그냥 앉아 있어. 네 냄새가 좋다."

"이 나쁜 놈. 지금 나를 희롱하는 거냐?"

"입맞춤까지 한 사이인데 이까짓 일쯤 가지고 희롱이라고 하면 그게 더 이상하지 않아?"

"너, 너……."

단목향이 새파랗게 질린 얼굴로 급히 주위를 두리번거렸다. 아무도 없다는 걸 확인하고 비로소 안심한 듯 가슴을 쓸어내린다. 그리고 류에게 속삭이듯 말했다.

"말조심해. 그러지 않았다가는 내 손에 죽는다."

"사실이잖아. 내가 없는 말을 지어서 하는 것도 아닌데 남의 눈치 볼 게 뭐 있어?"

"이게 정말!"

단목향이 기어이 류의 손을 뿌리치고 발딱 일어섰다. 표독스럽게 노려보며 입술을 악문다.

"그러니까 더 여자 같은데? 귀엽다."

"에잇, 나쁜 놈!"

주먹을 부르르 떤 단목향이 냅다 류의 가슴을 걷어찼고, 류가 벌러덩 뒤로 넘어졌다.

"하하하하—"

일어날 생각이 없는 듯 그저 웃음을 터뜨리며 누워 있는 류를 매섭게 노려본 단목향이 코웃음을 남기고 빠르게 떠났다.

이십여 걸음을 걷고 나서야 뒤돌아보며 제가 하려던 말을 한다.

"내 허락 없이는 절대로 검기령을 떠날 수 없어. 나는 배신자는 용서 못해!"

그녀도 화천비룡대에서 류를 탐내고 있다는 걸 잘 아는 것이다. 그리고 빼앗기고 싶지 않은 마음이었다.


염가연에게서는 아무런 기별도 없었다.

차가운 돌 위에 등을 붙이고 누워서 푸른 물이 뚝뚝 떨어질 듯한 하늘을 보며 류는 왜 그럴까? 하고 생각했다.

그러고 보니 지존보로 돌아온 이후 한 번도 그녀를 보지 못했다.

떠나기 전에는 그녀의 옥봉각을 지키는 위사였는데, 돌아와 보니 그 자리에 팔검(八劍) 위수량(魏守梁)이 있고 자신의 자리는 이곳, 취향길문으로 정해져 있었던 것이다.

'지금쯤은 부를 때도 되었는데?

그런 생각이 들면서 마음이 초조해지고 은근히 화도 났다.

류는 그런 자신의 마음을 가만히 들여다보았다. 겉으로는 아니라고 코웃음 쳤지만 실은 자신의 마음속에도 그녀에 대한 갈망이 깃들어 있다는 게 느껴진다.

그는 사랑이라는 감정이 어떤 건지 아직 몰랐다. 하지만 이런 게 바로 그것 아닐까? 하는 엉뚱한 생각에 깜짝 놀라 벌떡 몸을 일으켰다.

'사랑이라니? 내가? 내가 말이지?'

어이가 없다. 그래서는 안 된다는 마음이 괴로움으로 고개를 들었다.

잊을 수 없는 원한을 가슴에 새겨두었고, 다섯 사형과 사저, 사부의 한을 이 가슴에 간직하고 있다. 원수의 종적은 아직 짐작도 할 수 없는데 한가롭게 사랑이라니…….

'어떻게 된 거야? 너무 편하게 지냈던 거냐? 그래서 심지가 약해지고 만 거야?'

자기 자신에게 그렇게 물어보았다. 가슴에 살아나는 은은한 통증이 대답해 준다.

'잊지 말라는 의미다. 잊지 말라는 의미다. 절대로 잊지 말라는…….'

가슴에 검상(劍傷)을 남겨주며 했던 사부의 그 마지막 말이 머릿속에 메아리가 되어 울렸다.

"욱!"

류가 불길처럼 솟구쳐 오르는 고통을 참지 못하고 가슴을 움켜쥔 채 이를 악물었다.

그리고 저벅거리는 발소리가 들려왔다.

보주, 무극검제, 무신 조작량이 온 것이다.

벌떡 뛰어 일어난 류가 긴장하여 바라보았다. 가슴의 통증이 어느새 사라지고 없지만 그것마저 느끼지 못했다.

웃음 띤 보주의 얼굴이 크게 다가오고, 그 뒤쪽 저만큼 떨어진 곳에서 줄지어 따르고 있는 검기령의 동료들이 보였다.

'없다.'

잠시 의식을 집중했던 류는 허공에 있어야 할 서늘한 그 기운이 없다는 걸 알았다. 보주가 있는 곳에는 언제나 함께 있던 그것이 오늘은 없다는 게 왠지 서운해지기도 한다.

"수고했다는 말 들었다."

보주가 류의 어깨를 툭, 쳐서 격려해 주었다. 류가 급히 머리를 숙였다.

"어려운 일이었을 텐데 아주 잘 해주었다. 너를 새롭게 봐야겠어."

덧붙이는 보주의 말에 검기령의 모든 청년들이 얼굴을 굳혔다.

"해야 할 일을 했을 뿐입니다."

류가 다시 머리를 숙이며 겸양했고, 빙긋 웃은 보주가 성큼성큼 걸어 취향길문 안으로 사라졌다. 그 이상은 아무도 따라갈 수 없다. 이제 난향원과 옥봉각을 지키는 위사들만 보주를 먼발치에서 바라볼 수 있는 것이다.

"보주께서 관심을 보였다고 너무 좋아하지 마."

취향길문 앞으로 다가온 단목향이 안을 기웃거려 보고는

빠른 말로 류에게 속삭이고 돌아섰다.

"흥!"

그녀의 차가운 코웃음이 오래도록 류의 귓속에 남았다.

# 第二章

## 귀령(鬼靈)과 개대가리

# 第二章

"이상하군."

머리를 갸웃거리는 사내.

소나무 울창한 언덕에 홀로 서서 떠날 줄을 모르는 채 우두 커니 서 있다.

나뭇가지 사이로 시퍼렇게 일렁이는 바다가 내려다보이 고, 그 바다를 향해 옹기종기 모여 있는 집들의 지붕이며 돌 담이 보였다.

"전혀 어울리지 않잖아? 이건 상상도 안 된다."

다시 중얼거리는 사내의 얼굴이 의문으로 일그러졌다.

"하지만 모두들 그놈의 증인이 되어주고 있으니……."

마을 사람 모두가 한결같은 말을 한다는 것. 거기에는 두 가지 의미밖에 없다고 생각했다.

진실이거나 거짓이다.

진실이라면 그놈이 이 코딱지만 한 어촌의 별 볼일 없는 어부 출신이라는 걸 믿어야 하는데, 그건 아니라는 느낌을 지울 수가 없었다.

거짓이라면 마을 사람 모두가 입을 맞추고 그렇게 증언하기로 단단히 약속했다는 게 된다. 왜? 무엇 때문에? 그걸 추리해 내는 일이 더 골치 아프다.

사십대 중반으로 보이는 평범한 얼굴의 사내였다. 호리호리한 몸매에 헐렁한 낡은 옷을 입고 있어서 어찌 보면 산골의 순박한 농부처럼 생기기도 했다.

이런저런 복잡한 생각들에 골몰해 있으면서 발끝으로 툭툭 땅을 차던 사내가 생각과 동작을 뚝, 멈추었다.

사내가 서 있는 곳은 송림 한복판이었는데, 다른 곳보다 불룩하게 튀어나와 있었다. 그런 곳이 주위에 몇 군데 흩어져 있다.

제가 서 있던 곳을 꼼꼼하게 살펴보던 사내가 빙긋 웃었다.

"보물을 숨겨두듯 했군."

땅거죽을 한 자 정도 깊이로 걷어낸 다음에 깊은 구덩이를 팠다. 그 속에 무언가를 묻어두고 흙과 돌로 채운 다음에 걷어두었던 땅거죽을 다시 덮었다는 걸 알아챘다.

사내가 급히 흙무더기를 파헤치기 시작했다. 두어 자쯤 파 내려갔을 때 단단한 무엇이 손끝에 걸려 덜그럭거렸다.

조심스럽게 흙을 걷어내자 아직 하얀빛을 간직하고 있는 해골이 나왔다. 완전히 썩지 않아서 군데군데 진흙 같은 살점이며 가죽이 붙어 있는 것이다.

징그럽고 끔찍하기 짝이 없지만 사내는 아무렇지도 않게 그것들을 이리저리 살펴보았다.

"봄 무렵에 매장한 시체들인데……."

한 구덩이에 몇 구가 처박혀 있으니 공들여 장사 지낸 건 아니다. 그렇다면 뻔한 일이다.

해골을 뒤집어보던 사내의 눈이 번쩍, 빛났다.

단단한 이마 한복판에 박혀 있는 차돌멩이를 본 것이다. 다른 것들을 급히 살펴본 사내가 '허!' 하고 감탄성을 흘렸다.

모두 네 구가 뒤섞여 있었는데, 사인이 똑같았기 때문이다.

다른 흙무더기를 파헤쳐 본 사내의 얼굴이 조금씩 굳어져 갔다. 이번에는 얼굴의 형체가 으스러졌다고 해야 할 만큼 형편없이 부서져 버린 해골들이 나왔기 때문이다.

둔탁한 흉기를 휘둘러 때린 것 같았다.

사내가 해골 하나를 아직 붙어 있는 몸뚱이에서 뚝, 떼어냈다. 관자놀이 부근이 박살 나서 함몰되어 있는 것이다. 유심히 살펴보던 그가 함몰된 부분에 제 팔꿈치를 대보고 머리를 끄덕였다.

"이거로군."

놈이 팔꿈치로 후려쳤다는 걸 확신했다. 다른 해골의 부서진 부분은 주먹이고, 좀 더 넓게 함몰된 것은 무릎으로 그렇게 했다는 것을 짐작할 수 있었다.

병장기를 쓴 흔적은 하나도 없다.

"그놈……."

사내가 허공을 바라보며 스산하게 중얼거렸다.

다시 구덩이 속에 해골을 던져 넣고 흙을 덮어 원래대로 가려놓은 사내가 소황평(小荒坪)이라고 불리는 넓은 자갈밭 너머 희끄무레하게 보이는 산을 바라보았다.

맥량산(貊量山)이다.

그곳에는 산적들이 살았는데 어느 날 모두 사라져 버렸고, 그놈도 그들과 함께 어디론가 떠났다고 한다.

마을 사람들은 하나같이 그렇게 말했다.

"가보면 알겠지."

사내가 서늘한 미소를 남기고 송림 언덕 아래로 천천히 내려갔다.


반 시진쯤 지난 뒤 사내는 수풀 속에 몸을 숨기고 있었다. 번쩍이는 눈빛에 긴장이 실려 있다.

그가 노려보고 있는 곳은 맥량산의 산적들이 소굴로 삼았다는 그 동굴이었다.

지금은 무성한 잡초에 가려져 겨우 시커먼 입구가 보일 뿐 인적조차 없다.

사내는 알 수 없는 긴장과 흥분을 다스리기 위해 한동안 더 죽은 듯 웅크리고 있어야 했다.

동굴 앞에 이르자 갑자기 찾아든 그 느낌은 살기 같은 것이었다. 어디에서 흘러나오는지 감을 잡을 수 없었다. 어쩌면 이곳의 지세(地勢) 자체가 지독한 살기를 품고 있는 건지도 모른다.

천천히 주위를 훔쳐보던 사내의 눈에 저만큼 떨어진 곳에 쌓여 있는 돌무덤이 보였다. 억새풀들이 틈새에 뿌리를 내리고 자라 하얗게 흔들리고 있는 걸로 보아 지난봄에 만들어진 게 틀림없다.

역시 아무도 없다는 걸 재삼 확인한 사내가 비로소 허리를 펴고 일어섰다. 그래도 조심스럽게 사방을 경계하며 동굴로 다가간다. 몇 걸음 걷다가 멈추어 선 곳은 박살 난 파편이 어지럽게 흩어져 있는 커다란 바위 앞이었다.

사내가 옷자락을 가볍게 흔들었다. 한줄기 바람이 바위에 내려앉아 있는 먼지와 돌가루를 날려 버리고, 바위의 상처가 더 잘 드러났다.

움푹 찍힌 여러 개의 자국이 한곳에 모여 있었다. 손가락으로 그 자국을 더듬어보던 사내의 얼굴빛이 점점 변해갔다.

"삼패왕(三覇王) 장견두(張犬頭)!"

낭아봉(狼牙棒)을 들고 있는 거구의 곰 같은 모습이 머리
속을 스쳐 갔다. 그 순간 사내가 숯불을 쥔 듯 놀라며 후다닥
물러섰다. 그리고 홱, 돌아선다.

주위를 마구 휘둘러보는 얼굴에 두려움이 가득했다. 호랑
이 흔적을 본 토끼처럼 놀라 두리번거리던 그가 몸을 날리려
고 무릎을 살짝 굽혔다.

그리고 비명과 함께 얼어붙고 말았다.

"헉!"

사내의 눈이 찢어질 듯 커졌다.

그것이 멎은 곳, 동굴을 가린 잡초들을 헤치며 검은 곰 한
마리가 어슬렁거리며 나오고 있었다.

사내를 보고 히죽 웃는다. 하얗게 드러나는 이빨. 어깨에
척, 걸쳐 메고 있는 낭아봉 하나.

보기만 해도 무지막지해 보이는 그것보다, 흰 이를 드러내
고 웃는 시커먼 얼굴이 사내를 꼼짝하지 못하게 얼려 버렸다.

삼패왕 장건두였다.

"이봐."

성큼성큼 다가온 개대가리, 장건두가 다시 히죽 웃었다. 둥
근 얼굴의 사내가 부르르 몸을 떤다.

"이놈이 몇 해 보지 못했다고 아주 간덩이가 부었구나? 어
르신을 보고도 감히 대가리를 뻣뻣하게 들고 있어? 부숴줄
까?"

낭아봉을 들썩이며 또 히죽 웃는다.

사내가 어정쩡한 모습으로 두어 걸음 물러서고 나서 겨우 말했다.

"장, 장, 셋째…… 어른을 뵈오."

"히히, 아니꼽지?"

"천만에 말씀이올시다."

"아니긴, 이놈아!"

버럭 소리치는 장견두의 눈빛이 갑자기 무섭게 이글거렸다. 사내가 다시 두어 걸음 물러섰다.

"도망치려고?"

벌써 그 마음을 읽었다는 듯 장견두가 이죽거렸다.

"하긴, 귀신같은 놈이니 나처럼 굼뜬 얼간이쯤은 코앞에서 따돌릴 수 있겠지."

"그럼 이만."

정말 그러겠다는 듯 사내가 고개를 꾸벅 해 보이고는 꺼지듯 그 자리에서 사라졌다.

몸을 반 바퀴 돌리는가 싶었는데 감쪽같이 그의 흔적이 사라져 버린 것이다. 기체가 되어 허공에 흩어진 것 같았다.

"히히히, 귀령이라는 이름이 정말 잘 어울리는 놈이란 말이야. 진짜 귀신보다 더 귀신같은 놈이잖아."

장견두가 재미있다는 듯 낄낄 웃었다. 그리고 천천히 한 그루 나무를 향해 다가갔다. 아래위를 쓱, 훑어보더니 텅 빈 허공에 대고 말한다.

"내 손에 걸리면 뒈지기 전에는 어림없다는 걸 잘 알지?"

허공에 미약한 파문이 진다. 바람이라도 불어간 것 같다. 그리고 장견두가 마주 보던 나무를 등지고 터벅터벅 걸어갔다.

"어디, 그럼 오랜만에 재미있게 한번 놀아볼까?"


둥근 얼굴의 평범한 사내. 귀령이라 불리는 그는 정신없이 산속을 내달리고 있었다. 얼굴을 때리고 할퀴어대는 잔나뭇가지며 넝쿨들에 신경을 쓸 여유도 없다.

'그가, 그가 왜 여기에 있단 말인가?

그런 의문이 머릿속을 뒤죽박죽으로 만들어놓았다. 한시라도 빨리 지존보로 돌아가 주인에게 이 일을 보고해야 한다는 일념이 더욱 커진다.

하지만 귀령이라 불리는 그 사내는 숲을 벗어나지 못했다. 저쪽, 잡목 숲이 끝나는 곳에 우뚝 서 있는 장견두를 본 것이다.

'어떻게?

그런 의문이 뒤통수를 때려서 귀령은 휘청거리는 몸을 겨우 세웠다.

장견두가 그 징그러운 웃음을 다시 히죽 웃고 손가락을 까닥거렸다.

"이리 나와. 너는 잡혔어. 절대로 나에게서 달아나지 못할걸?"

홀린 듯 귀령이 주춤거리며 그에게로 다가갔다. 그의 귓속에 장견두의 걸걸한 음성이 꿈결인 것처럼 아득히 들려왔다.

"왜인지 알아? 내가 너보다 똑똑하잖아. 옛날부터 잘 알고 있었을 텐데? 그리고 이 산에 대해서 너보다 백 배는 더 훤하거든."

그의 앞에 엉거주춤 선 귀령이 잔뜩 겁먹은 얼굴로 눈치를 보았다.

"머리 대."

장견두가 솥뚜껑 같은 주먹을 들어올렸고, 귀령은 모든 걸 체념한 듯 고개를 숙였다.

"호—"

제 주먹에 입김을 분 장견두가 힘껏 내려쳤다. 꽝! 하는 소리와 함께 귀령이 풀썩 주저앉는다.

끙끙거리는 귀령을 보면서 장견두가 재미있어 죽겠다는 얼굴로 히죽히죽 웃었다.

"또 할래? 이번에는 네가 나를 잡아봐. 못 잡으면 대갈통 한 대다."

"시, 싫소, 싫어."

귀령이 주저앉은 채 머리를 설레설레 흔들었다.

"어렸을 때부터 지겹게 맞아왔어. 이제 다시는 맞지 않아도 되겠거니 했는데…… 또 걸려들다니…… 제…… 흡!"

제기랄, 하고 말하려던 귀령이 깜짝 놀라 입을 틀어막았다. 장견두의 눈치를 본다.

장견두가 그 큰 몸을 굽혀 귀령 앞에 쪼그리고 앉아서 빤히 바라보았다.

"그래? 그럼 내가 지존보에서 도망쳤을 때 네놈은 춤을 추었겠구나?"

"그, 그럴 리가 있습니까?"

"있지. 매일 불러내서 대갈통을 때리던 놈이 어느 날 갑자기 사라져 버렸으니 얼마나 좋았겠어?"

"……."

"속이 후련했을걸? 그렇지?"

"아, 아닙니다. 셋째 어르신께 제가 어떻게 감히……."

"그런데 왜 온 거냐?"

"무슨 말씀입니까?"

"대형께서 나를 찾아내라고 너를 보낸 거지?"

"그렇지 않습니다."

귀령의 부정이 단호했다. 그래서 장견두는 그의 말을 믿었다.

"하긴, 대형이 뭐가 아쉬워서 나를 찾겠어. 없어졌으니 속이 시원하기만 할 텐데."

　귀령이 침묵했다. 그건 곧 장견두의 말에 대한 동의나 같다. 그를 째려본 장견두가 다시 물었다.

“이제 말해봐. 그럼 왜 왔지?”

엉뚱하다. 귀령이 어리둥절해서 그를 바라보았다.

“예?”

“나는 그놈이 언젠가는 다시 올 거라 믿고 기다리고 있었는데 엉뚱하게 네놈이 왔잖아.”

“누구…….”

“류.”

“아!”

귀령이 깜짝 놀라 엉덩이를 밀고 물러앉았다.

“세, 셋째 어르신, 어르신이 어떻게 그놈을?”

“응?”

이번에는 장견두가 놀랐다. 붉은 눈을 부릅뜨고 한동안 귀령을 노려보더니 천천히 말했다.

“그럼 너도 그놈을 찾아왔다는 거로군.”

“그렇습니다.”

“너는 그놈을 어떻게 알지?”

“그는 지금 지존보에 있습니다. 백천수호대의 일원이 되었지요.”

“뭐라고?”

장견두가 더 크게 놀라 입을 딱 벌렸다. 믿을 수 없다는 얼굴로 귀령을 빤히 바라본다.

"그놈이…… 지존보에 있다고?"

"왜 그렇게 놀라십니까? 셋째 어르신은 그놈을 어떻게 알고 있는 거지요?"

"허!"

귀령의 말을 듣지 못한 듯 장견두가 멍한 얼굴로 허공만 바라보았다.

한참 만에야 그가 다시 귀령에게 눈을 맞추었다. 싸늘하게 가라앉아 있다.

"네가 먼저 말해봐라. 왜 그놈을 찾아 여기까지 왔는지 말이다. 조금이라도 거짓이 있으면 옛 정이고 나발이고 가리지 않고 머리통을 박살 내버리고 말 테다."

그저 위협하는 말이 아니다. 귀령이 부르르 어깨를 떨었다.

"아무래도 그놈의 내력이 수상합니다. 그래서 뒤를 캐보는 중이지요."

"대형이 시켰겠지?"

"주인님의 명도 있었지만 제 자신의 의혹 때문에라도 이 일을 그만둘 수가 없군요."

"그놈이 말썽을 부린 게냐? 그렇지 않다면 천하의 조작량이 한낱 백천수호대의 무사에 지나지 않는 애송이의 뒷조사를 시킬 이유가 없을 테지."

“무시무시한 솜씨를 지니고 있습니다. 주인께서는 그 점을 의아하게 여기시는 거지요.”

“흘흘, 맞아. 그놈은 무서운 놈이지. 내가 잘 안다.”

“겪어보셨단 말입니까?”

장견두가 처음 류를 만나 싸웠던 일을 떠올리고 머리를 설레설레 흔들더니 제 턱을 매만지며 말했다.

“그놈에게 맞았던 턱주가리가 다시 얼얼해지는 것 같다. 괘씸한 놈. 감히 이 개대가리 어르신을 그렇게 때리다니.”

“당하셨단 말입니까?”

귀령이 혼비백산해서 얼굴을 굳혔다.

그가 아는 장견두는 천하에서 짝을 찾을 수 없을 만큼 무섭고 포악한 사람이었다. 두려움을 몰라서 세 의형제들 중 첫째인 조작량에게도 서슴없이 대들었고, 전왕으로 꼽히는 둘째 섭철곤도 무서워하지 않았다.

장견두가 성질을 부리며 대들 때면 그들이 오히려 피하곤 했던 것이다. 건드려 봐야 골치 아파질 뿐이기도 하지만, 꺼림칙함도 있었기 때문이다.

그런 장견두가 류에게 얻어맞았다니 믿을 수가 없었다.

그때 장견두는 본격적으로 류와 싸우지 않았다. 두어 번 상대해 보고 그의 주먹맛을 보더니 껄껄 웃으며 물러섰다.

마음에 문득 떠오른 어떤 생각이 있어서였는데 그건 끝까지 내색하지 않고 숨겼다.

그리고 그는 류가 반드시 이곳으로 한 번은 찾아오리라고 믿었다. 제가 품고 있는 의문이 옳다면 그래야 한다. 그래서 홀로 돌아와 기다리고 있기를 몇 달.

류 대신 귀령이 불쑥 찾아왔던 것이다.

'그놈이 다른 곳도 아니고 하필 지존보에 있다니……'

눈을 멀뚱거리며 그런 생각들을 하던 장견두가 다시 물었다.

"말해라. 너는 그놈의 어디가 이상하다고 여긴 거지?"

귀령이 의혹을 느끼고 있다는 부분에 대한 질문이다.

잠시 장견두의 눈치를 보던 귀령이 조심스럽게 말했다.

"어쩌면…… 셋째 어르신께서 갖고 계신 의문과 같을 것입니다만……"

"그래? 그렇단 말이지?"

장견두의 눈이 반짝였다.

"그렇다면 동시에 땅바닥에 써보자."

즉시 손을 가리고 땅바닥에 글자를 썼다. 귀령도 그렇게 한다. 그리고 그들이 손을 떼었을 때 과연 땅바닥에는 똑같은 일곱 글자가 적혀 있었다.


구양무존(九陽武尊) 곽부경(郭釜慶).


"으음—"

　장견두와 귀령의 입에서 동시에 뜨거운 신음성이 흘러나왔다.

　그들이 멍한 얼굴로 서로를 마주 보았다. 허공을 격하고 얽힌 네 개의 눈에서 수많은 감정과 말들이 오간다.

　그리고 동시에 중얼거렸다.

　“역시 구양진결이란 말인가?”

　류의 움직임과 기세에서 그들은 그것을 느꼈던 것이다.

　그건 누가 가르쳐 준다고 해서 되는 게 아니었다. 본인이 구양진결의 한 부분, 한 귀퉁이라도 알고 있지 못하다면 불가능한 일이다.

　류의 움직임을 보고, 그에게서 뿜어지는 기운을 느꼈을 때 장견두와 귀령이 똑같이 그 이름을 떠올렸다는 건 그들 또한 동류(同流)라는 것에 다름 아니다.

　“이 일을 누가 또 알고 있느냐?”

　“없습니다.”

　“대형은?”

　“말씀드리지 않았습니다.”

　“사실이지?”

　“제 목을 걸지요.”

　“그럼 둘째 형은?”

　“둘째 어르신 역시 모르고 계십니다.”

　“좋다. 그렇다면 앞으로 어떻게 할 작정이냐?”

“저는……”

귀령이 시원하게 대답하지 못하고 망설였다. 장건두가 이글거리는 눈으로 그런 귀영을 잡아먹을 듯이 노려보며 말했다.

“네 사부님은 잘 있겠지?”

“예?”

“만약 네놈이 이 일에 대해서 입을 뻥끗하기만 하면 나는 우선 네놈의 사부 늙은이를 잡아 두 눈알을 파내고 혀를 자르고 손발을 뽑아낸 다음에 두엄 속에 처박아 버리겠다.”

“으헉!”

듣기만 해도 온몸에 소름이 돋는 말이다. 귀령이 기겁을 하고 물러앉았다. 이글거리는 장건두의 눈길을 받자 절로 턱이 덜덜 떨려온다.

그는 사부에 이어서 제이대 귀령이 되어 조작량에게 절대 충성을 맹세하고 그를 따르고 있는 중이었다. 그들의 존재를 아는 사람은 오직 조작량과 그의 의형제 두 명뿐이다. 그리고 특히 셋째인 장건두가 귀령의 사부와 밀접한 관계를 가지고 있었다.

귀령이 덜덜 떨리는 음성으로 떠듬떠듬 말했다.

“어, 어떻게…… 그런 말씀을…… 그, 그래도…… 사부님과의 옛정이 있지…… 않습니까?”

“있지. 어렸을 때부터 네놈과 나를 키워주신 분이니 아버지 같고 스승 같기도 하지. 그건 네놈과 다를 바 없어."

"하온데 어떻게……."

"잘 들어둬. 그건 내 개인적인 정에 지나지 않다. 하지만 그놈, 류, 아니지, 구양진결은…… 만약 그게 사실이라면 그건…… 너도 잘 알지?"

"사부님께 들어서 알고 있습니다."

"그런 사정을 너는 대형에게 고백했느냐?"

"하지 않았습니다."

"그것 봐. 그러니 너는 이미 대형을 속이고 있었던 것이로군. 그렇다면 한 번 더 입을 다물지 못할 이유가 없어. 그렇지?"

"하지만 이 일에는 저의 명예와 사문의 명예가 걸려 있습니다."

"쳇, 그런 건 상관없어. 너는 내 말을 들어야만 한다. 무엇이 크고 작은 일인지는 네놈 스스로도 판단할 수 있을 텐데?"

약속하지 않으면 당장 머리통을 부수어놓겠다는 기세다. 귀령은 제가 선택할 길이 없다는 걸 알았다.

그가 세상에서 가장 무서워하는 두 사람이 있는데, 조작량과 장견두였다. 조작량은 먼 곳에 있고 장견두는 지금 이렇게 눈앞에 있다.

원래 무지막지하고 단순한 데다가, 때로는 미쳤다고 할 만

큼 돌발적인 행동을 하는 자인지라 위험하기는 조작량보다
훨씬 위험했다.

망설이던 귀령이 기어들어 가는 목소리로 대답했다.

"말하지 않겠습니다."

"좋아, 좋아, 그래야지. 흘흘흘―"

장견두가 비로소 만족한 듯 눈에 주었던 힘을 빼고 웃었다.

"그나저나 그 노인네는 이제 정말 다시는 세상에 안 나온
대?"

"산중 생활에 이미 익숙해지셔서 벌써 세상일을 잊으셨습
니다."

"흐흐흐, 귀신으로 살아가는 일이 지겨웠을 거야. 이제라
도 사람같이 산다니 그 노인네는 복을 타고난 게지."

너도 그걸 본받으라는 듯 은근한 눈길로 귀령을 흘겨본다.
귀령의 얼굴이 어두워졌다.

묵묵히 땅만 바라보던 그가 우울하게 말했다.

"저는 셋째 어른의 처지가 부럽습니다."

"핫! 부럽다고?"

장견두가 크게 코웃음을 쳤다.

"부럽긴 뭐가 부러워? 이렇게 쥐새끼처럼 숨어서 전전긍긍
하며 하루하루 살아가는 게 부러워?"

"그래도 셋째 어르신은 자유로워졌지 않습니까?"

"흘흘. 하긴, 그 맛에 죽지 못하고 이렇게 버티며 사는 거지."

“이제 가도 되겠습니까?”

“가봐.”

귀령이 포권하고 돌아섰다. 떠나는 그의 뒷모습을 우두커니 바라보던 장견두가 버럭 소리쳤다.

“알지? 절대로 그놈에 대해서는 한마디도 해서는 안 된다!”

움찔했던 귀령이 허공으로 훌쩍 뛰어올랐다. 그 순간 그의 형체가 녹아버린 것처럼 사라졌다.

“흘흘, 저놈이 어렸을 때부터 제법 영특한 데가 있더니 벌써 제 사부를 능가했구만 그래. 제기랄, 그런데 나는 이게 뭐람. 뭐 발전이 있어야지. 그러니 더욱 그 애송이 놈을 붙잡아야 한다는 건데…….”

한동안 머리를 갸웃거리더니 다시 중얼거린다.

“언제 올지 모르니, 목마른 놈이 우물 판다고 그럼 내가 그놈을 찾아 나서봐?”

*　　　*　　　*

이틀 후, 귀령은 지존각(至尊閣)이라 불리는 조작량의 거처에 와 있었다.

낡은 나무 계단 아래 엎드려 있고, 조작량은 난간에 기대앉아 잎이 누렇게 바래가고 있는 복숭아나무를 안쓰럽게 바라보고 있었다.

차가 식어 향기마저 사라졌지만 느끼지 못하는 듯하다.

반 시진 가까이나 말도 없이 그렇게 앉아 있으니 계단 아래 엎드려 있는 귀령도 꼼짝할 수 없었다.

"인생이란……."

조작량이 혼잣말처럼 중얼거렸다.

"뒤돌아볼수록 더 쓸쓸해지는 것 같다."

"……?"

귀령이 의아한 눈길을 들었다가 급히 숙였다.

"무엇 때문에 내가 그처럼 많은 업보를 쌓아왔던 건지 이제는 나도 모르겠다."

주인의 감정이 예전과 같지 않다.

"무엇 때문에 이곳에 앉아 있는 걸까? 무엇 때문에 스스로를 이 좁은 세상 속에 가둔 채 봄이 가고 가을이 오는 걸 기다리고 있는 걸까?"

"……."

"그래, 기다리고 있는 거야. 찾아다니고 쫓아다니던 이 조작량이 이제는 기다리고 있는 처지가 되었다. 아니, 쫓기는 건지도 모르지."

천천히 귀령을 돌아본다.

"귀령, 너는 무엇 때문에 내 곁에 네 스스로를 묶어두고 있는 것이냐? 자유를 포기하기에는 아직 젊고, 네 능력 또한 뛰어나지 않으냐?"

"주, 주공……."

"백 년의 세월이 흐른 뒤에 누가 나를 알아주고, 선대의 약
속 때문에 평생을 바친 너를 알아줄까?"

"누가 알아주기를 바라고 하는 일이 아닙니다."

"그렇다면 너는 허수아비를 따르는 그림자로구나."

조작량의 음성에 다른 때와는 다른 허무가 짙게 깃들어 있
었다.

'주인도 이제는 늙으신 건가?'

땅에 붙이고 있는 귀령의 얼굴이 잔경련을 일으켰다. 눈자
위가 붉어진다.

"문표는? 그는 지금 어디에 있다더냐?"

천리취향(千里取香) 서문표(徐門標)를 말하는 것이다.

그가 무엇을 찾아 지존보를 떠났는지는 귀령도 알지 못했
다. 서문표에게 귀령의 존재를 감추었듯, 조작량은 귀령에게
도 서문표의 일을 모두 말해주지는 않았던 것이다.

"당고랍산(唐古拉山) 아래를 지난다는 보고를 한 달 전에
받으셨습니다."

"그렇지. 그 뒤로는 아직 아무 소식이 없지."

그는 산도 사람도 풍토도 모두 낯선 황량한 서장 땅을 헤매
고 있을 것이다.

귀령은 서문표가 지난 십삼 년 동안 지존보를 떠나 천하 각

지를 떠돌았다는 걸 알고 있었다. 그리고 돌아왔는데 며칠 쉬지도 못한 채 다시 떠났다. 충복답게 보주의 명령 한마디에 말없이 떠난 지 일 년이 다 되어간다.

그때 서문표의 얼굴이 어두웠다는 걸 귀령은 기억하고 있었다.

대체 얼마나 중요한 일이 있기에 서문표가 그처럼 기약도 없이 천하 구석구석을 뒤지며 떠도는지 모른다. 하지만 귀령은 그것이 보주에게 있어서 어쩌면 이 지존보 전체보다 더 중요한 일인지도 모른다고 짐작했다.

귀령은 문득 서문표가 가여워졌다. 그는 홀로 이 넓은 천하를 모두 뒤지고 다닐 것이다. 남은 삶이 다하도록 나그네처럼 강호를 떠돌아야 한다는 것. 어쩌면 그렇게 하고도 보주가 원하는 바를 가져오지 못할지도 모른다.

그렇다면 보주의 처사가 적어도 서문표에게 있어서만큼은 너무 가혹한 것 아닐까? 하는 생각마저 들었다.

문득 그런 느낌이 들어서 귀령은 가만히 난간 곁의 조작량을 훔쳐보았다. 신으로 떠받들고 있는 그의 모습이 낯설어 보였다.

한참 동안 침묵이 흘렀다. 그리고 조작량의 입에서 불쑥 엉뚱한 말이 튀어나와 귀령을 긴장시켰다.

"그 아이는? 지금 어떻게 하고 있지?"

"예?"

"가연이 말이다."

귀령은 가슴이 뜨끔했다. 그녀의 이름만 들어도 이제는 등줄기가 섬뜩해진다. 그가 조심스럽게 말했다.

"각주님은 난향원에 계십니다. 한 발짝도 밖으로 나가지 않으셨습니다."

"그래, 난향원에 있지."

들릴 듯 말 듯 한숨을 쉰 조작량이 다시 중얼거렸다.

"그 아이도 자유를 잃었다고 생각할까? 내가 너무한 걸까? 과연 그럴까?"

"……."

"귀령, 너는 누구를 좋아해 본 적이 있느냐?"

"주공……."

"진심으로 한 사람을, 한 여자를 좋아해 본 적이 있느냐?"

"저는 오직 주공의 곁에만 있었을 뿐입니다."

"그렇지. 그래서 너는 행복한 건지도 모른다, 사랑이라는 걸 모르니까."

그래서 너에게는 고통이라는 것도 없을 것이라고 말하는 것이다.

"그 아이가 그만 보내달라고 하는구나."

"예?"

의외의 말이라 귀령이 깜짝 놀라 저도 모르게 얼굴을 들고 말았다.

"이제는 놓아달라고 울면서 말하더구나."

자기가 류의 흔적을 찾아 이곳을 떠나 있던 동안에 주인과 그녀 사이에 무슨 일이 있었던 모양이다.

"나는 대답해 주지 않았다."

"……."

"그러고 보니 사랑이라는 감정은 참 어려운 것 같다. 그놈은 아무런 예고도 없이 어느 날 불쑥 찾아오지. 그리고는 아무 대가도 지불하지 않고 한 사람의 가슴을 온통 차지해 버린다. 제가 주인이 되어서 이래라저래라 하고 명령하지."

귀령은 들을 뿐이다.

"그전까지는 내가 내 감정의 주인이었는데, 그놈에게 빼앗기고 나서부터는 그놈이 주인이 되었다. 나는 이제 내 감정을 통제할 수 없어. 그러니 정말 불쌍한 건 그녀가 아니라 나라고 해야겠지?"

"……."

"적당한 때에, 알맞은 대상에게 그 감정이 찾아온다면 그건 축복일 게야. 하지만 그렇지 않은 때에도 불쑥 찾아오고, 그러지 말아야 하는 대상에게로도 나를 떠밀어 버린다. 그때부터 사랑은 조금도 달콤하지 않는 게 되어버리지. 그놈은 악마다."

획, 돌아보는 조작량의 눈에서 불길이 이글거렸다. 귀령이 급히 얼굴을 숙였다. 그가 본 것은 질투의 불덩이였다.

"그놈을 죽여라."

"……!"

"위수량."

'위수량!'

귀령의 어깨가 굳었다.

그는 검기령의 팔검이다. 류가 패도전왕 섭철곤을 따라 흑룡장을 치기 위해 떠나자 위수량이 류 대신 옥봉각을 지키는 위사가 되었다.

염가연 곁에 언제나 붙어 있게 된 것이다.

그리고 채 한 달이 되지 못했는데 보주의 불같은 질투를 불러일으켰다.

'자제할 줄 모르는 애송이 놈.'

귀령이 어금니를 지그시 악물었다. 그새 참지 못하고 염가연에게 빠져 버린 모양이니 자기 감정을 자제하지 못하는 자다. 그런 자는 자기 미래도 책임질 수 없을 것이다. 도태되어도 아까울 게 없는 자인 것이다.

"그리고 다녀온 일은?"

조작량이 비로소 그 일을 물었다. 귀령의 얼굴에 망설임이 스쳐 갔다. 하지만 조작량은 그를 돌아보지 않았고, 그의 얼굴은 땅에 붙어 있으니 알 수 없다.

'지금은 셋째 나리를 만났을 때와는 상황이 반대다.'

그런 생각이 그를 또 한 번 망설이게 했다.

이제 주인은 코앞에 있고, 장견두는 멀리 떨어져 있는 것이다.

주인에게 셋째 나리에 대해서도 말해야 하지 않을까? 하는 갈등이 인다.

그가 말도 없이 지존보를 떠난 지 벌써 십 년이 넘었다. 처음에 길길이 날뛰었던 조작량의 분노도 가라앉은 지 오래다.

하지만 그는 아직도 셋째의 행방을 궁금해하고 있었다. 그의 안부를 늘 걱정한다. 그러면서도 귀령은 물론 둘째 섭철곤에게도 셋째 장견두에 대해서는 한마디도 말하지 않았다.

귀령은 그 안에 어떤 비밀이 있는 모양이라고 짐작하고 있었지만 그게 무언지는 여전히 알 수가 없었다.

그건 둘째인 패도전왕 섭철곤도 마찬가지였다.

셋째가 왜 자기와 상의도 없이 훌쩍 지존보를 떠났는지 궁금해한다. 괘씸한 놈이라고 욕을 하지만 그의 마음속에도 셋째에 대한 걱정이 깊이 어려 있다는 걸 귀령은 잘 알고 있었다.

'하지만……'

사부를 죽이겠다는 장견두의 협박이 마음에 걸렸다. 그의 이마에 진땀이 배어 나왔다.

우물쭈물하면 의심을 사게 된다.

이 짧은 시간 안에 자신의 평생을 좌우할 결정을 해야 한다. 그것이 그를 극도로 피곤하게 했다.

그리고 드디어 마음을 정한 귀령이 천천히, 흔들림없는 말투로 보고하기 시작했다.

# 第三章

## 바다를 찾아가는 사람들

# 第三章

검기령의 팔검 위수량.

권법으로 유명한 산동 위가(魏家)의 막내.

그래서 영권위오(英拳魏五)라고 불리며 모두의 사랑과 관심을 받았던 유망한 청년.

그가 사라졌다.

옥봉각의 수신호위가 된 지 한 달만의 일이었다.

하지만 이번에 그녀는 지존보를 뛰쳐나가지 않았다.

'바보 같은 사람.'

사라진 자에 대한 안타까움보다는 그 허망함에 어이없을 뿐이다.

그 앞에서 그녀를 바라보는 단목향의 얼굴이 딱딱하게 굳었다. 마주 보는 염가연도 그랬다.

"각주께서는 알고 계시지요?"

"뭘 말인가요?"

"팔검 위수량의 실종에 대해서 말이에요."

"영주는 나에게서 뭘 기대하는 거지요?"

"진실."

"풋, 그런 건 없어요."

"……!"

"내가 아는 것과 내가 모르는 게 있을 뿐, 우리에게 진실 따위는 없는 거랍니다."

'위선자!'

단목향은 그 말이 튀어나오려는 것을 간신히 참았다. 염가연의 태연한 얼굴을 뚫어져라 바라보면서 입술을 잘근잘근 깨문다.

저 아름답고, 저 청순하고, 저 요염한 얼굴의 뒤편에 숨겨져 있는 요악함과 집요함이 보이는 것 같았다. 대체 이 여자에게는 몇 개의 얼굴이 있는 건지 궁금했다.

어떨 때는 청순 가련한 소녀 같고, 어떤 때는 표독한 암고양이 같다가 또 여우처럼 음흉하고 뻔뻔하다.

그런 염가연 앞에서 단목향은 적의를 감출 수 없게 되었다.

“벌써 다섯 명째의 실종이군요.”

그녀가 싸늘하게 낯빛을 굳히고 말하자 염가연의 얼굴도 얼음을 두른 듯해졌다.

“당신의 관심은 그중 하나에만 있는 줄 알았는데?”

“한 가지만 말해주세요.”

“…….”

“이 일이 모두 같은 이유 때문인가요?”

염가연이 파리해진 입술을 깨물었다. 두려워하고 있다.

스스로의 감정을 억제하지 못하고 바들바들 떨던 그녀가 겨우 말했다.

“당신이 생각하고 있는 이유가 무엇이든 상관은 없을 거예요. 사라질 자는 어차피 사라질 테고, 그자는 그 이유에 대해서 잘 알 테니까.”

“말해주세요.”

“믿음을 가져요.”

“…….”

“당신이 하지 않았듯이 나도 하지 않았어요. 하지만 당신은 나를 의심하지요. 그럼 나는 누구를 의심해야 하나요? 당신인가요?”

“아니야!”

기어이 단목향이 발악하듯 소리치고 말았다.

“바보라고 해도 이제는 다 알아! 그들은 모두 당신 주변에 머물던 사람들이었어! 당신도 그건 알잖아?”

“……”

“모두 당신과 얽힌 사람들이라는 걸 스스로 잘 알 텐데 어쩌면 그렇게 뻔뻔하게 모르는 척할 수가 있지?”

단목향은 분에 치받혀 넘지 말아야 할 선을 넘고 있었다. 그녀의 이성은 그것을 가르쳐 주지 않았고, 염가연은 죄지은 사람처럼 고개를 숙인 채 묵묵히 듣고만 있었다.

단목향이 두 주먹을 움켜쥐고 표독한 얼굴로 노려보았다.

“대체 무슨 짓을 한 거지? 다른 사람들에게, 또 나의 대사형에게 무슨 짓을 한 건지 말해봐!”

“말이 지나치잖아.”

낮게 꾸짖는 음성.

두 여인은 누가 옥봉각 안으로 들어섰다는 걸 그때까지도 모르고 있었다.

염가연이 겁에 질린 얼굴이 되어 바라보았고, 단목향도 그랬다.

‘아차!’

그녀는 자신의 실수를 비로소 깨닫고 뉘우쳤지만 이미 늦었다.

문 앞의 밝은 빛을 후광처럼 등에 두르고 우뚝 서 있는 한 사람.

훌쩍 큰 키와 단단해 보이는 몸집에서 바윗덩이 같은 차가움이 느껴진다.

등 뒤의 강렬한 빛 때문에 짙은 그림자로 서 있는 사람이지만 두 여인은 단번에 그가 누구인지를 알았다.

"류……."

염가연과 단목향의 입에서 떨리는 음성이 흘러나왔다.

류가 천천히 다가왔다. 주춤거리며 물러나는 단목향.

"개판이군."

"……."

"지존보가 언제부터 이렇게 개판이 되었지?"

"……."

"위아래의 구분도 없고 존경심도 개뿔도 없다."

두 여인의 얼굴이 조금씩 굳어져 갔다.

류는 아랑곳하지 않고 말한다. 이글거리는 눈으로 단목향을 쏘아보는데, 그녀는 류의 그런 눈빛을 받아내지 못했다.

"이런 게 지존보라면 정말 실망이야. 이런 게 귀족들이 모였다는 백천수호대의 모습이고, 이런 게 그 잘난 검기령의 모습이라면 나는 차라리 경멸할 테다."

"말을 함부로 하지 마!"

단목향이 파랗게 질린 얼굴로 빽, 소리쳤다.

하지만 그녀의 위엄은 땅에 떨어진 지 오래다.

류가 더욱 싸늘하게 가라앉은 눈으로 단목향을 노려보며 다가섰다.

“너는 넘지 말아야 할 선을 넘었다.”

“마, 말할 거냐?”

“흥, 나는 그 정도로 치사한 놈이 못 돼.”

“…….”

“하지만 이대로 모른 척할 수도 없어.”

“어쩌겠다는 거지?”

단목향의 말이 두려움으로 떨렸다. 눈앞의 류가 두렵고, 제가 저지른 실수가 보주에게 알려질까 봐 두렵다.

그렇게 되면 당장 형당에 넘겨져 모진 문책과 형벌을 받고 뇌옥에 처박히리라.

류가 손을 뻗어 그녀의 턱을 들어올렸다. 단목향은 겁에 질려 있을 뿐 반항할 엄두를 내지 못했다.

“나는 다시 옥봉각을 지키는 위사가 되었다. 내 앞에서 그녀를 함부로 대하는 일은 절대로 용납하지 않겠어.”

“뭐, 뭐라고?”

그가 염가연의 호위로 복귀했다는 말에 단목향이 멍한 얼굴을 하고 그를 올려다보았다. 류가 눈을 맞댄 채 속삭였다.

“절대로 이런 일이 또 있어서는 안 돼. 너는 운이 좋은 거야.”

단목향은 한순간에 바보가 되어버린 것처럼 멍하니 서 있을 뿐이었다.

류가 무슨 일이 있었느냐는 듯 태연한 모습으로 돌아서서 염가연에게 포권했다.

"다시 각주를 모시게 되어서 영광이오. 잘 부탁하겠소."

"보주님이 그렇게 하라고 하시던가요?"

"각주가 염려되니 꼭 붙어 있으라고 하셨습니다."

"하— 당신은 어리석군요."

"판단은 보주님이 하시고 나는 따를 뿐이니 그 말은 곧 보주님을 어리석다고 하는 것과 다름없소."

빙긋 웃은 류가 더 이상 그녀가 하는 말을 듣지 않겠다는 듯 뚜벅뚜벅 옥봉각을 나갔다. 그리고 계단 위에 우뚝 버티고 선다.

잠시 후에 단목향이 주저하는 모습으로 나왔다. 어깨가 축 늘어져 있고, 수치심으로 얼굴이 달아올라 있었다. 눈을 들지도 못한다.

"멍청이."

류 곁을 지나가며 재빨리 속삭였다. 류는 곁눈질도 하지 않았다. 허공의 한 점을 뚫어지게 바라볼 뿐이다. 깎아 세워놓은 석상 같았다.

"너도 언젠가는 없어지게 될 거야. 나쁜 놈."

그를 흘겨보며 빠르게 속삭인 단목향이 침착함을 되찾은 모습으로 계단을 내려갔다. 그리고 난향원 밖으로 나갔을 때 그녀는 비로소 완전한 자기 자신으로 돌아왔다.

"내가 대체 무슨 짓을 한 거지?"

조금 전까지 있었던 건 자기가 아니라 다른 사람이었다고 여겨졌다.

잠시 이성을 잃고 흥분했던 일에 대한 후회 끝에는 류의 무표정하던 얼굴이 하나 가득 멈추어 있었다.

"저 나쁜 놈이 대체 내게 무슨 짓을 한 거지?"

그에게 꼼짝없이 당했다는 분한 생각에 절로 걸음이 멈추어졌다.

화가 난다.

그리고 그것과는 다른 또 하나의 화가 그녀의 가슴속 깊은 곳에서 스멀스멀 피어났다.

단목향은 그게 류에 대한 걱정의 다른 모습이라는 걸 인정하고 싶지 않았다.

여태까지 일어났던 일로 미루어보아 류가 옥봉각주와 가까이 지내면 그 또한 감쪽같이 사라져 버리는 신세가 될 게 뻔했다. 그게 싫어지는 제 마음을 이해할 수 없다.

'나하고는 상관없는 일이야.'

애써 그렇게 생각해 보았지만 이상하게도 마음속에서는 여전히 화가 났다.

"에잇, 멍청한 놈! 바보 같은 놈!"

땅을 구른 그녀가 허공을 향해 주먹질하며 욕했다.


*     *     *

마음이 편치 않다.

그래서 조작량은 벌써 닷새째 꼼짝하지 않고 지존각에 틀어박혀 있었다.

그림을 그려도, 글씨를 써도 집중이 되지 않는다.

'내가 왜?'

자꾸 그런 의문과 자신의 존재에 대한 회의만 들 뿐이었다.

'천하를 발아래 둔 이 조작량이 왜?'

왜 자신의 감정 하나 다스리지 못하는 건지 생각할수록 화가 났다. 그러면 그녀가 미워졌다. 차라리 죽여 버리고 싶었다. 그래서 자유로워질 수 있다면 내 손으로 그 목을 졸라 버리고 싶었다.

하지만 그런 생각은 곧 안타까움과 가슴 절절한 그리움으로 바뀌었다. 그런 생각이 들수록 더욱 그녀가 보고 싶어진다. 그녀의 웃음소리를 듣고 싶어진다.

'벌써 몇 년째인가?'

그녀의 웃음을 보았던 게, 그녀의 다정한 말을 들어보았던 게 까마득한 옛날의 일로 여겨졌다.

'왜?'

그녀에 대한 의문이다. 야속한 마음이 그를 슬프고 초라하게 했다.

'천하를 다 줄 수도 있는데, 원하는 모든 걸 다 들어줄 수 있는데 왜? 무엇이 부족하단 말인가?

제 품 안에 깃들어 있는 이상 가장 안전하고 가장 안락하며 가장 영광된 삶을 살 수 있을 것이다. 그런데 그녀는 그것을 조금도 기뻐하지 않는 것 같았다.

조작량은 왜 그런지 이해할 수 없었다. 그래서 고통스러웠다.

그는 그녀가 그저 곁에 있어주기를 바랄 뿐이었다. 그저 나를 위해서 웃어주고 즐거워하는 모습을 보고 싶을 뿐인 것이다.

'그런데 왜!'

뚝!

난을 치던 붓이 부러져 버리고, 순백의 화선지에 먹물이 어지럽게 튀었다.

뻗어 오르다 만 한 폭의 난이 흉한 몰골로 물끄러미 조작량을 바라본다.

죽어버린 것이다. 죽은 것의 뻣뻣함과 싸늘함만 이질감으로 느껴질 뿐, 화폭에서 이제는 생기를 찾을 수가 없다.

그려지다 만 난은 죽어버렸고, 그것을 마주 보는 조작량도 죽어버렸다. 그는 더 이상 무신(武神)도 무엇도 아니었다.

가슴속에 날마다 커지는 불덩이를 감추어두고 있는 한 남자에 지나지 않다.

점점 커지고 맹렬해져 가는 불덩이. 그것을 밖으로 꺼내놓을 수 없기 때문에 더욱 고통스러웠다.

그 불덩이가 언젠가는 내 몸을 태우고 영혼마저 태워 버릴 것이라는 절망감이 이 시대의 절대자 조작량을 신음하게 했다.

정염(情炎).

드러낼 수 없는 짝사랑의 불덩이. 그것은 조작량의 절망을 먹으며 더욱 커져만 갔다.

'추한 욕망이 아니다.'

조작량은 그렇게 자신을 달랬다.

내가 그녀에게 품고 있는 것은 욕정이 아니고, 쾌락에 대한 갈망이 아니다. 내가 그녀에게 원하는 것은 고결한 영혼뿐이지 않은가. 왜 그것을 부끄러워해야 한단 말인가? 하는 오기가 생겼다.

"귀령."

신경질적으로 불렀다.

"하명하소서."

허공에서 음울한 음성이 낮게 대답한다.

'저놈도 내 꼴을 비웃었겠지?'

문득 그런 생각이 들었다. 낱낱이 저를 지켜보고 있는 놈이니 그 누구보다 잘 알 것이다. 그러니 그 누구보다 지독하게 비웃지 않겠는가.

조작량의 볼이 의심과 불안으로 일그러졌다.

그래서 그는 더 작아지는 자신의 모습을 보아야만 했다. 비참해진다.

"류라고 했지?"

"……."

"그 녀석은 지금 어떻게 하고 있느냐?"

"옥봉각을 지키고 있습니다."

"그것뿐이냐?"

"목석과 같습니다."

"특이한 녀석이로군."

옥봉각의 호위로 있지만 류에게서는 아무런 동요도 보이지 않았다.

늘 염가연을 대하고, 그녀의 그림자가 되어 따라다닐 텐데도 목석 같다니, 이해할 수 없기도 하다.

그놈은 대체 어떻게 된 건가? 하는 의문이 조작량을 어리둥절하게 했다.

'가치란 역시 상대적인 것인가?'

그런 생각이 들었다. 나에게 가장 중요한 것도 다른 사람에게는 하찮은 것일 수 있다는 걸 인정해야 한다. 하지만 그게 그녀에 관한 것이라면 인정할 수 없다.

"가보겠다."

닷새 만에 조작량이 자리를 박차고 일어섰다.

천천히, 여유있고 위엄있는 모습으로 다가오는 사람.

그를 본 류의 가슴이 쿵쾅거리고 뛰었다.

하지만 맞이하기 위해 계단 아래로 달려 내려가지는 않았다. 여전히 옥봉각의 문 앞에 우뚝 선 채 먼 허공의 한 점을 응시하고 있을 뿐이다.

잠시 멈추어서 난향원 이곳저곳을 세심하게 둘러본 조작량이 천천히 계단을 걸어 올라왔다.

류는 여전히 허공의 한 점을 바라보지만 활짝 열려 있는 그의 감각은 보이지 않는 존재를 느끼고 있었다. 귀령이다. 그가 허공 어디엔가 제 존재를 숨기고 있다는 걸 눈으로 보듯 느낀다.

'귀신같은 놈.'

류가 속으로 그렇게 비웃었다. 머뭇거리고 있는 귀령의 숨결을 느끼기 때문이다. 그는 겁먹은 강아지처럼 저 앞에서 머뭇거릴 뿐, 더 다가오지 않았다.

"힘들지 않으냐?"

류의 앞에 이른 조작량이 빙긋 웃으며 물었다. 류가 비로소 그에게 머리를 숙여 인사한다.

"제 일입니다."

"그렇지, 네 일이지."

꿋꿋한 류의 모습과 말에서 위안을 얻은 듯 조작량이 환하게 웃었다. 그의 어깨를 가볍게 토닥인다.

"언제 봐도 너는 든든하구나. 믿음직하다."

"감사합니다."

류의 눈길이 다시 허공의 한 점으로 향했다.

근무 중일 때에는 그 누구의 명령도 받지 않고, 그 누구도 의식하지 않는다. 오직 내 임무만 생각할 뿐이다. 그것이 그가 황룡문에 있을 때 처음 배운 것이었다. 그래서 아직까지도 가슴속에 각인되어 있다.

그런 모습이 멀리서 바라보고 있는 검기령의 청년들과 단목향, 그리고 어둠 속에 있는 귀령에게 강렬한 인상을 주었다.

보주 앞에서도 저렇게 뻣뻣할 수 있는 자는 세상에 오직 저놈뿐일 거라는 생각에 질린다.

오히려 보주가 스스로를 낮추어 저놈을 위로해 주고 있지 않은가. 그래도 숙여지지 않는 저 뻣뻣한 모가지는 뭐란 말인가.

그들은 믿을 수 없는 광경을 보았다. 그래서 류가 무서워지고, 그만큼 싫어졌다.

보주가 옥봉각 안으로 사라지자 지켜보던 자들이 동시에 무거운 한숨을 내쉬었다.

'너는 안 돼!'

류의 단호한 눈길이 허공을 향해 그렇게 말했다.

귀령은 그것을 뛰어넘을 수가 없었다. 저놈이 이렇게 뚜렷이 자기를 느낀다는 게 불쾌하면서 두려웠다.

보주보다도 더 잘 자신의 존재를 감지하는 류에 대해서 어떤 경이로움마저 갖게 된다. 그래서 귀령은 계단을 넘지 못하고 그 아래의 어둠과 동화된 채 머물렀다.

저놈이 있는 한 더 이상 보주의 그림자가 될 수 없다는 게 불만이면서 한편으로는 마음이 홀가분해지기도 했다. 그런 이중적인 느낌을 뭐라고 해야 할지 귀령은 알지 못했다.


"꽃이 시들어간다."

그녀는 말이 없다.

시비가 가져온 향차가 차갑게 식은 지 오래다. 조작량도 염가연도 찻잔에는 손대지 않았다. 마주 앉아서 서로 다른 곳을 바라본다.

흐르던 시간이 멎어버린 것 같은 침묵. 조작량이 낮고 따뜻한 음성으로 다시 그것을 흔들었다.

"병이라도 난 게냐?"

"……."

"나는 네 생각과 걱정 때문에 밤잠을 설쳤는데, 너는 내가 궁금하지도 않더냐?"

"……."

"벌써 닷새씩이나 난향원을 돌보지 않았다고 하더구나. 꽃들이 상심하고 있을 게다."

　파리해진 얼굴, 그리고 무감정한 눈길. 그녀가 천천히 그 얼굴과 눈길을 돌려 조작량을 마주 바라보았다.

　조작량의 가슴에 서늘한 바람이 불어갔다. 안타깝고 가엾다.

　"제가 죽으면 그때 저를 놓아주실 건가요?"

　"응?"

　"제가 병들어 볼품없는 몰골로 시들시들해진다면 그때 보내주실 건가요?"

　"……."

　이제는 조작량이 입을 닫았다. 귀를 닫고 마음마저 닫는다.

　"제가 원하는 건 무엇이든 다 들어주시겠다고 했지요? 저는 오직 한 가지만을 원할 뿐인데 들어주시지 않는군요."

　"그 한 가지만 빼면 모든 게 다 네 뜻대로 될 것이다."

　"제가 원하는 건 그것뿐이에요."

　"내가 원하는 것도 그것뿐이다."

　"저는 영영 떠날 수 없는 거로군요. 저 화원의 꽃들이 영영 제 뿌리를 옮길 수 없는 것처럼."

　"네가 있으니 꽃들은 다른 곳을 원할 필요가 없지. 마찬가지로 내가 있으니 너는 다른 걸 원할 필요가 없지 않겠느냐?"

　염가연이 어두워진 얼굴을 숙였다. 가만히 제 무릎을 내려다보는 시간이 얼마나 흘렀을까.

그녀가 발딱 고개를 들고 야무진 얼굴로 조작량을 바라보며 또박또박 말했다. 그녀는 더 이상 나약하고 순종적인 여인이 아니었다.

당당하고 독기마저 품고 있다.

"당신 안에는 두 사람이 있어요. 한 사람은 살인을 하고 한 사람은 사랑을 하지요."

"나도 내가 짐승인지 신인지 모르겠다."

"둘 다일 거예요."

단호한 그녀의 말에 그가 자조적인 웃음을 웃었다.

그런 조작량을 물끄러미 바라보던 그녀가 불쑥 말했다.

"바다를 보고 싶어요."

엉뚱하다.

"뭐라고?"

"바다가 보고 싶어졌어요. 그러면 답답한 이 마음이 조금은 나아질 것 같아요. 함께 가주시겠어요?"

조작량의 얼굴이 조금씩 굳어졌다.

그녀의 마음을 달래줘야 할 필요를 느긴다. 지금은 더욱 그녀가 원하는 걸 다 들어줄 수밖에 없다.

하지만 함께 가줄 수는 없다.

"며칠이면 되겠느냐?"

염가연이 그를 물끄러미 바라보다가 또박또박 말했다.

"가까운 곳에 다녀온다고 해도 열흘은 걸리겠지요."

“화천비룡대를 호위로 붙여주마.”

“필요없어요.”

단호하다.

그녀가 이렇게 고집을 부릴 때마다 조작량의 가슴속 돌덩이는 커져만 갔다.

그가 말없이 무거워진 몸을 일으켰다.

옥봉각을 떠나기 전 류에게 말한다.

“너를 믿겠다.”

*　　　*　　　*

‘나쁜 놈. 개자식.’

말 위에 올라앉아서, 저만큼 멀어지고 있는 두 사람을 보던 단목향이 이를 악물었다.

류의 뒷모습을 노려보는 그녀의 눈이 표독하다.

“오십 보 안으로 들어오지 마라. 지키지 않으면 모두 돌려보내고 말겠어.”

류의 말 한마디가 곧 법이 되었다.

단목향은 염가연의 호위 임무를 띠고 있는 검기령의 영주다. 하지만 호위대의 수장일 뿐이지 그녀가 염가연을 통제할 수 있는 건 아니었다.

그 염가연은 류 이외의 사람이 곁에 접근하는 걸 불허했다.

그러므로 그녀 곁에 붙어서 동행하는 사람은 류 하나뿐이고, 단목향과 그녀의 검사들은 멀찍이 떨어져서 따를 수밖에 없었다.

의기양양하게 명령하고 염가연과 말 머리를 나란히 해서 멀어지는 류가 얄밉고 괘씸하다.

그게 질투라는 걸 느끼고 단목향은 깜짝 놀랐다.

'내가 왜?'

조작량이 스스로에게 했던 것과 같은 질문을 그녀가 자기 자신에게 한다.

마음속에 아직 대사형 정취경을 잊지 못하고 있는데 갑자기 찾아든 이 질투의 감정은 뭐란 말인가.

아직도 그를 정랑이라고 부르며 그의 실종에 대한 비밀을 캐내기 위해 눈을 부릅뜨고 있지 않은가. 그러면서 슬며시 찾아든 이 엉뚱한 마음을 허락한 건 또 뭐란 말인가.

질투의 감정이 제 가슴 한 귀퉁이에 자리 잡도록 눈감아준 그 마음은 또 뭐란 말인가.

그런 자책과 의아함 때문에 단목향은 어리둥절해지고 말았다.

내가 왜 그렇게 화를 내고 욕을 한 건지 어이없기만 하다.

애써 부정할수록 그녀는 자신의 가슴 귀퉁이에 숨겨져 있는 뜨거운 감정 하나가 커져 가는 걸 느껴야 했다.

어둠이었다.

조작량이 가슴속에 날마다 커져 가는 돌덩이 한 개를 감추었듯, 그녀는 날마다 커져 가는 어둠을 감추고 사는 사람이 되어버린 것이다.

난향원의 사과나무 숲에서의 일이 자꾸만 떠올랐다. 첫 입맞춤을, 그 달콤함을 류에게 빼앗기고 말지 않았던가.

그건 치욕이고 분한 일이었지만 그때를 생각하자 류의 입술이 제 입술 위에서 자꾸만 기억되었다. 볼이 붉어졌다. 눈물이 나올 것 같아서 단목향은 이를 악물었다가 버럭 소리쳤다.

"가자! 따라가!"

류는 말이 없다. 돌아보지도 않는다.

화난 사람처럼 저 앞쪽 텅 빈 허공만 응시한 채 말의 움직임에 몸을 내맡기고 있을 뿐이었다.

그 곁을 따라가면서 염가연은 마음이 조마조마했다. 정말이 알 수 없는 사내의 마음이 철새처럼 저를 떠나 버린 건 아닐까? 하는 의심이 떠나지 않는다.

그래서 단목향이 그랬듯 염가연 또한 난향원에서의 그 일을 떠올렸다. 자신의 앞에서 보란 듯이 단목향을 붙잡고 입맞춤을 하던 류의 모습이 눈에 가득 찼다.

'나쁜 놈. 지조없는 놈. 흥! 염치도 없고 부끄러운 줄도 모르는 치한.'

그녀는 류를 흘겨보며 속으로 마음껏 욕을 했다.

"바다를 알아?"

그 나쁜 놈이 불쑥 물어온다.

제 마음을 들킨 것처럼 깜짝 놀란 염가연이 옷소매를 들어 붉어진 얼굴을 살짝 가리며 흘겨보았다.

"바다를 본 적 없어?"

"한 번도 보지 못했어요."

"그래? 그런 사람도 다 있었군."

"그게 이상한 일인가요?"

"살아 있는 사람은 모두 바다를 알 거야. 모두 바다를 보았을 거야."

"평생 보지 못하고 사는 사람도 많아요."

"그건 사는 게 아니지. 살아 있어도 죽은 거나 다름없어."

"……?"

"바다를 보지 못한 사람은 저승에 가서 할 말이 없게 되거든."

어리둥절해진다. 그가 대체 무슨 말을 하고 있는 건지 이해할 수 없다.

염가연이 동그래진 눈으로 류의 단단한 옆얼굴을 빤히 바라보았다.

그의 눈빛이 꿈을 꾸듯 몽롱해져 있다.

'이 사람……'

이런 면은 처음 본다.

이 목석 같은 사람에게도 이처럼 감상적인 면이 있었다는 게 믿어지지 않으면서도 기뻤다. 그래서 그녀는 조금 전의 야속함과 원망을 잊고 환하게 웃었다.

그렇게 말해놓고 나자 류의 마음속에 불쑥 수아의 모습이 떠올랐다. 여명이 가득하던 우성촌의 바다 앞에서 그녀는 그렇게 말했었다.

류는 그 말을, 그때의 한없이 쓸쓸해 보이던 그 작은 소녀를 잊을 수 없었다.

떠나고 싶어 하면서도 떠나지 못하던 소녀였다. 어디에서든 뿌리 내리면 살아지게 마련이라고 말하던 그녀의 음성이 귀에 쟁쟁하다.

바람에 날려온 씨앗이 한 그루 나무로 자라듯 그렇게 살면 된다며 한사코 떠나지 못하게 붙잡았던 소녀.

'잘 있겠지? 그러면 돼. 살아 있다면 언젠가는 다시 만나게 되는 거란다. 바람이 바람을 만나듯, 구름이 구름을 만나듯 말이야.'

류가 제 마음속의 그 작은 소녀에게 가만히 속삭여 주었다.

# 第四章

## 이상한 골목

第四章

복수할 기회가 왔다.

기회라는 건 언제나 그렇다.

기대하고 있지 않은 순간에 불쑥 찾아오고, 너무 빨리 지나가 버린다. 그러므로 언제나 긴장하고 있지 않으면 눈앞에서 놓쳐 버리고 만다. 후회해도 소용없다.

그러면 다시 그것이 찾아올 때까지 얼마나 더 기다려야 할지 아무도 모른다. 기회라는 것. 그 변덕스럽고 머무를 줄 모르는 놈의 마음대로이기 때문이다.

그 기회가 저기 저렇게 보인다.

이렇게 빨리, 이렇게 쉽게 찾아오다니. 그리고 이렇게 확실하게 눈앞에서 얼쩡거리고 있다니.

너무 기뻐서 오히려 의아해진다. 이게 정말 기회인가? 하는 의심마저 들었다.

"함정일지도 몰라."

투호쌍편 소초운.

쌍교룡(雙蛟龍)으로 불리는 한 쌍의 짧은 철편으로 대강 남북의 무림에 명성을 널리 떨친 사람.

어느덧 노년을 바라보는 나이가 되자 남악형산(南岳衡山) 북면의 골짜기에 둥지를 틀고 은거해 버렸던 사내.

스스로 그곳을 태음곡(太陰谷)이라고 했으므로 그는 강호에서 이제 태음곡주로 더 잘 알려져 있었다.

그 소초운이 두 눈에 번쩍이는 신광을 띤 채 바라보는 곳에 한 무리의 사람들이 지나가고 있었다.

앞선 두 필의 말에 나란히 앉아 있는 건 류와 염가연이고, 그들과 떨어져서 뒤따르고 있는 오십여 기의 기마 행렬은 지존보의 백천수호대 검사들이다.

화천비룡대에 의해 멸망당한 흑룡장과 흑안화룡 강동산을 생각하면 이가 갈렸다.

당장 달려 내려가 저것들을 모두 도륙해서 피의 복수를 하고 싶지만 성급하게 굴어서는 안 된다.

"소 형님."

곁에서 검은 섭선을 활짝 펴 와락와락 부쳐 대고 있던 미청년, 최명흑선 상목기가 그를 돌아보았다.

"이게 무슨 뜻일까요? 과연 함정일까요? 아니면 억울하게 죽은 강 형님의 원혼이 저들을 이리로 불러낸 것일까요?"

"상 아우, 이건 분명 두 번 다시 잡기 힘든 기회일세. 하지만 그래서 더욱 신중해질 수밖에 없어."

"고작 오십 기의 호위밖에 거느리지 않았습니다. 그것도 백천수호대의 애송이들이군요."

"으음─"

"게다가 저놈. 저놈이 바로 그 류라는 놈 아닙니까?"

멀리서도 류의 마르고 단단한 몸집을 쉽게 알아볼 수 있었다.

그놈이 황룡문에 있을 때부터 염가연의 호위 노릇을 했다는 것도 이제는 비밀이 아니다.

"저놈의 손에 무혼삼귀와 탈혼쌍마가 당했다니, 소제는 믿을 수 없군요."

"흑룡장에서는 혈수병마 백무혼과 귀염철필 왕상, 사인혈검 장취모, 귀령마도 왕령이 당했지."

"그게 도대체 말이 됩니까? 소 형님은 믿어집니까?"

"으음─"

투호쌍편 소초운이 다시 침음성을 흘렸다. 그의 얼굴에 망설이고 주저하는 빛이 어려 있었다.

그놈이 혼자서 저렇게 염가연을 호위하여 오고 있다. 뒤따르고 있는 오십 기의 애송이들이야 눈에 차지 않으니 상관없다.

소초운과 상목기는 오직 류와 염가연을 노려볼 뿐이었다.

그들은 지금 억새풀 무성한 벌판을 건너오고 있는 중이고, 소초운과 상목기는 그 벌판 건너 소나무 언덕 위에 서 있는 중이었다. 발아래의 억새 벌판이 한눈에 내려다보이는 곳이다.

소나무가 울창한 숲을 이루었고, 가슴 어림까지 자란 누런 잡풀들이 무성했으므로 벌판에서는 그들을 볼 수가 없다.

상목기가 마른침을 삼키고 나서 말했다.

"따라가 봅시다."

"어쩌려고?"

"우선 저것들의 의도를 파악해 봐야겠지요. 무엇 때문에 지존보에서 나와 저렇게 한가하게 돌아다니고 있는 건지."

"자네는 혹시 조작량이 저놈들을 미끼로 내놓은 게 아닌가 하는 의심을 하는군?"

"형님의 생각도 그렇지 않습니까?"

"하하, 맞아. 그렇지 않다면 조작량이 장중보옥처럼 여긴다는 옥봉각주를 저렇게 내둘리지 않겠지. 그것도 달랑 호위한 놈과 백천수호대의 애송이 몇 놈을 붙여서 말이야."

"그렇다면 우리는 더욱 조심해야 할 필요가 있겠군요."

"지난번 흑룡장주의 경우처럼 급한 마음에 덜컥 미끼를 물어서는 안 되지.”

“하지만 그런 의도가 없이 그저 방심하고 있는 여행일 뿐
이라면 이건 둘도 없는 기회가 됩니다. 망설이다가 놓치고 싶
지는 않군요.”

“그 말도 일리가 있네.”

두 사람은 충동과 망설임의 경계에 서서 가쁜 숨을 내쉬었
다. 그러는 사이 류와 염가연의 행렬은 소나무 언덕을 지나
멀어져 갔다.

“두 가지 가능성을 염두에 두고 동시에 일을 진행합시다.”

“어떻게 말인가?”

“저놈들이 제남성으로 향하고 있으니 그곳에서 반드시 하
루 밤을 묵을 것입니다.”

제남부중까지는 아직 일백 리 남짓 남아 있고, 해가 반 넘
어 기울어 있는 시간이다. 저 속도로 간다면 어두워져서야 부
중에 들 게 틀림없다.

잠시 생각하던 상목기가 다시 말했다.

“제남부중에 우리 형제들이 있나요?”

“밀처(密處)가 있네.”

“역시 그렇군요.”

“깜짝 놀랄 만한 선배가 몸을 숨기고 있지.”

상목기가 깜짝 놀라 눈을 크게 떴다.

천명회는 강호 곳곳에 은밀한 근거지를 마련해 두고 있었

다. 그곳이 몇 군데나 되는지 아는 사람은 두 회주와 소초운
뿐이다.

　그곳에 어떤 고수가 신분을 감추고 숨어 있는지, 몇 명이나
거느리고 있는지도 알려진 바가 없다.

　그런 천명회의 수단은 어쩌면 지존보의 밀천유운대보다
더욱 은밀하고 치밀한 것인지도 몰랐다.

　소초운의 입가에 흐뭇한 웃음이 떠올랐다.

　상목기가 섭선을 들어 동쪽을 가리켰다.

　"그럼 우리는 천천히 제남부 구경이나 하러 갈까요?"


＊　　　＊　　　＊


　제남(濟南)은 태산 북쪽, 황하강의 남쪽 연안에 위치하는
고도(古都)이다.

　제(濟)와 노(魯)나라의 문물이 모인 곳으로서, 제수(濟水)의
남쪽에 위치한다고 하여 제남이라 했다. 춘추전국시대에는
낙읍(落邑)이라 불렸다.

　제남은 예로부터 샘물이 유명하여 '천하제일천성(天下第一
泉城)'이라는 이름도 가지고 있었다.

　집집마다 샘과 수양버들이 있어서 운치가 다른 어느 대성(大
城)보다 뛰어났다.

　동남쪽의 천불산(千佛山)과 북쪽의 대명호(大明湖)가 유명

한데, 특히 대명호는 이백이나 두보 등 당대의 시인들이 찾아와 시를 읊고 술을 마시며 뱃놀이를 즐겼을 만큼 아름다웠다.

다른 큰 도성과 마찬가지로 제남성 또한 외성과 내성으로 나뉘어 있고, 부중의 사람들이 주로 거주하는 곳은 내성으로써 구분이 비교적 뚜렷했다.

동쪽은 관청과 고관대작들의 집이 운집하여 운치있고 권위있는 주거환경을 만들어갔다.

서쪽은 여각과 주루, 객잔이며 잡화 골목 등 상업 지역으로 번창했다.

밤이 늦도록 장명등이 꺼지지 않고 사람들의 발길이 그치지 않아서 불야성이라는 말이 어울릴 만했다.

남쪽은 일반 백성들이 모여 사는 주택가를 형성했는데, 그중에서도 남명가로(南明街路) 뒤쪽은 부자들의 대저택이 모여 있어서 늘 조용하고 엄숙했다.

북쪽은 각종 상공업에 종사하는 장인들이 집단으로 거주하며 생산 활동에 임했으므로 종일 쇠붙이 두드리는 소리가 그치지 않는다.

그렇게 서로 생활 공간을 나누어 지내다 보니 자연히 사람들의 성품도 특징을 갖고 분화되었다.

이를테면, 동쪽에 사는 사람들은 권위적이고 고압적인 데다가 고집이 세었고, 서쪽에 사는 사람들은 약삭빠르고 끈질기며 교활해지는 등의 일이다.

남쪽은 많은 사람들이 어울려 사는 곳이라 개성이 적은 대신 따뜻한 인간미를 풍겼다. 그리고 북쪽에 사는 사람들은 늘 쇠붙이와 함께해서 그런지 거칠고 단순해서 호협한 기상마저 있었다.

대체로 산동 사람들은 기골이 장대하고 목소리가 크다. 그러니 장사꾼들이야 더 말할 것도 없다.

저잣거리는 많은 사람들이 왁자지껄 떠들어대는 소리로 귀가 먹먹할 지경이었다.

호객하는 상인들과 취객들의 고함 소리, 기루에서 흘러나오는 비파 소리에 간드러진 웃음소리까지 뒤섞여 소란스럽기 짝이 없다.

그 시끄러운 거리를 천천히 걷던 소초운이 상목기를 잡아 끌고 한 골목 안으로 빨려들 듯 사라졌다.

재빨리 몇 굽이를 돌고 나자 비로소 걸음을 느긋하게 한다. 두리번거리던 상목기가 속삭이듯 말했다.

"이런 곳에 본 회의 밀처가 있는 줄은 몰랐군요."

소초운이 빙긋 웃었다.

"본 회의 이목은 강호 곳곳에 퍼져 있다네. 아무리 귀신같은 밀천유운대 놈들이라도 설마 이런 일이 벌어지고 있으리라고는 눈치 채지 못했을 거야."

상목기와 소초운이 마주 보고 빙긋 웃었다.

상목기는 제가 강호에 나온 게 바로 이와 같이 각처에 숨겨져 있는 세력들을 점검하기 위해서라는 걸 다시 떠올렸다.

소초운이 그런 상목기를 위해 길 안내를 맡고 있는 터였다.

그는 각지의 밀처들과 천명회 사이의 연락을 책임지고 있는 자였다. 두 회주의 신임을 그만큼 두텁게 받고 있는 것이다.

상목기는 사부님들이 저에게 이번 임무를 맡긴 건 그만큼 때가 가까워졌다는 의미라고 생각했다. 그러자 저도 모르게 발걸음이 빨라진다.

안으로 들어갈수록 골목은 더욱 좁아졌고 지저분해졌다. 바깥의 큰길과는 달리 사람들의 왕래도 뜸하다.

얼마나 들어갔을까. 구수한 음식 냄새와 술 냄새가 왈칵 풍겼다.

저 앞쪽 어두운 곳에 허름한 주가가 한 곳이 있는데 막 한 사람의 취객이 뒷문을 열고 나온 것이다.

주가의 침침한 불빛이 잠깐 열린 문 사이로 보이다가 다시 꺼졌다.

취객이 흥얼거리며 비틀걸음으로 상목기와 소초운에게 다가왔다. 좁은 골목길이라 어깨가 스치는 것을 면할 수가 없다.

취객이 나왔던 뒷문으로 해서 그들은 주가의 삐걱거리는 문을 밀고 들어섰다.

왼쪽에 주방이 있는지, 기름에 음식 튀기는 소리와 도마를 두드리는 소리가 요란하게 들려왔다.

두 사람은 아무 말 없이 기름때가 덕지덕지 묻어 있는 시커먼 주렴을 헤치고 썰렁한 주청으로 들어갔다.

두 사람의 허름한 취객이 한쪽에 앉아서 낮게 소곤거리고 있었다.

힐끔, 새로 들어선 상목기와 소초운을 본 그들이 흠칫 놀랐다. 하지만 곧 아무 관심도 없다는 듯 다시 이마를 맞대고 무언가를 소곤거린다.

순식간의 일이었던지라 상목기는 전혀 눈치 채지 못했다.

소초운이 탁자를 두드리며 주인을 불렀다.

주방에서 늙수그레한 노인이 앞치마를 두른 채 나왔다. 어딘지 음침하고 사악한 인상을 주는 것이어서 상목기는 의아하게 생각했다.

소초운이 태연하게 몇 가지 안주와 술을 주문했고, 주인 영감은 상목기를 힐끔거리며 주방으로 돌아갔다.

"저 영감도 본 회의 인물이오?"

상목기가 속삭이자 소초운이 살짝 눈살을 찌푸렸다. 말을 꺼내지 말라는 의미다.

무료한 시간이 흘러간다.

힐끔힐끔 상목기와 소초운의 눈치를 살피던 저쪽의 두 사람이 일어섰다.

탁자에 은자 두 냥을 던지고는 뒤도 돌아보지 않고 나간다.

차 한 잔을 마셨을 만큼 시간이 흘렀을까. 주가의 삐걱거리는 문을 밀치고 세 사람의 장사꾼이 들어섰다.

두 사람은 그들과 어깨를 스치며 나갔고, 새로 들어온 사람들이 자리를 잡았다. 곧 시끄럽게 오늘 장사한 얘기들을 늘어놓는다.

사투리와 대화 내용으로 보아 멀리 호남에서 온 차(茶) 장사꾼들이 틀림없었다.

그러는 사이 주인 영감이 음식과 술을 내왔고, 상목기와 소초운은 말없이 먹고 마셨다.

다시 네 사람의 장사꾼이 배가 고프다고 호들갑을 떨며 소란스럽게 들어왔다.

그리고 두 사람이 다시 들어왔는데, 제남부 나졸의 복장을 한 자들이었다.

그리고 마지막으로 서로 어울려 보이지 않는 세 명의 늙고 젊은 일행이 찾아왔다.

그중 한 명은 스물두어 살쯤 되어 보이는 아가씨였다. 이목구비가 반듯하고 살결이 고운 것이 보기 드문 미인이다.

입고 있는 옷이 화려하지만 낡았고, 품에는 칠현금을 소중하게 안고 있었다.

죽장을 짚고 있는 노인은 내내 눈을 감고 있는 것이 앞을 보지 못하는 듯했다.

그의 손을 스물대여섯쯤 되어 보이는 청년이 이끌고 있었다.

등에 커다란 보따리를 졌는데, 눈이 부리부리하고 어깨가 떡 벌어졌으며 각진 턱이 단단해 보이는 자였다.

한눈에 근골이 좋고 뚝심있는 자라는 걸 알 수 있었다.

그들 노인과 청년은 조손 간으로 보이기도 했고 노래를 가르쳐 주고 배우는 사부와 제자 간으로 보이기도 했다.

그들은 저자에서 노래와 이야기를 팔아서 연명하고 사는 뜨내기들이 분명해 보였다.

조용하던 주가 안이 낯선 자들로 시끌벅적해졌다.

각기 다른 지방의 사투리가 함께 쏟아져 나오니 귀가 따가울 지경이다.

이곳은 화려한 서문로에서 제일 안쪽의 후미진 골목 끝이다.

어둡고 침침한 데다가 인적마저 드무니 찾아오는 자들은 대게 돈 없는 뜨내기들이거나 도망 다니는 자들이었다.

우범자들도 심심찮게 들락거린다. 그래서 가끔 피 터지는 싸움이 나기도 하고 드물게는 죽어 나가는 사람도 생겼다.

하지만 이곳의 일일 뿐이다. 골목 밖으로는 절대로 그런 말들이 새나가지 않았다.

하긴, 누가 죽든 하루하루의 삶에 지치고 곤한 자들에게는 관심 밖이기도 했다.

내일 일을 알 수 없으니 그저 오늘 목숨만 붙어 있으면 다행으로 여기는 것이다.

그 우범자들이 찾아왔다. 아니, 쳐들어왔다고 해야 할 것이다.

왈칵, 문을 밀치고 들어선 자들은 일견 험상궂어 보이는 것이 서문로 골목 안을 주름잡고 다니는 무뢰배들이 분명했다.

모두 다섯 놈인데 칼이며 쇠사슬, 낭아봉, 구겸(鉤鎌) 등의 흉악한 병장기를 들고 있었다.

뒤이어 들어온 깡마른 장한이 매서운 눈길로 주가 안을 한번에 쓸어보았다. 무뢰배들의 두령이 틀림없어 보였다.

돌처럼 단단해 보이는 몸집에 주걱턱을 한 삼십대의 장한이다.

키가 크고 삐쩍 말라서 대나무 한 개가 서 있는 것 같았다.

맨몸에 단삼(單衫)을 달랑 걸치고 있었는데, 소매를 어깨에서 뜯어내 두 팔을 고스란히 드러냈다.

깡마른 팔뚝에 제법 울퉁불퉁한 근육이 잡혀 있는 것이 보통내기가 아니어 보이는 사내였다.

철골야차(鐵骨夜叉) 곽빙호(郭氷虎)라고 불리는 자인데, 서문로의 왕초로 오래전부터 군림하는 독종이다.

그 곽빙호가 제 발아래 침을 퉤, 뱉더니 버럭 소리쳤다.

"다 죽여 버려!"

그의 호통 소리에 다섯 놈이 일제히 병장기를 휘두르며 와아! 하고 객들에게 달려들었다.

아닌 밤중에 홍두깨 같은 일이다.

상목기는 얼떨떨해져서 이게 대체 무슨 일인가, 하고 눈만 끔벅였다.

마주 앉아 있는 소초운은 여전히 술을 마시고 음식을 집어 먹을 뿐 태연하다.

끼리끼리 모여 술을 마시고 잡담을 나누던 객들은 갑자기 당한 일에 크게 놀라야 정상이라고 할 것이다.

어? 어? 하고 당황하다가 모두 흉한들의 병장기에 찍혀 맥없이 무너져야 옳은 일이다.

그런데 상황은 그렇지 않았다.

흉한들이 소리치며 달려들자 그들 또한 사납게 고함치며 탁자를 뒤엎고 뛰쳐 일어났던 것이다.

그 행동이 신속하고 민첩했으며 단호했다.

마치 흉한들이 이렇게 쳐들어오기를 기다리고 있었다는 듯했다.

그게 상목기를 더욱 어리둥절하게 했다.

순박한 시골의 장사치들로 보이던 객들이 돌변했다. 품이 며 봇짐 속에서 저마다 병장기를 꺼내 들고 장한들과 어울리 는 것이 능숙하기 짝이 없다.

모두 강호의 무리가 틀림없었다.

"어?"

그들의 싸움을 바라보던 상목기가 외마디 소리를 냈다. 눈앞에서 믿지 못할 일이 벌어졌던 것이다.

최초로 '으악!' 하는 처절한 비명 소리가 울려 퍼졌다.

텁석부리나졸이 목줄기에서 피를 뿜어내며 쓰러진다. 그 곁에 있던 둥근 얼굴의 부드러운 인상을 가진 나졸이 패도를 뽑아 목을 찍어버린 것이다.

함께 어울려 흉한들과 싸우다가 갑자기 태도가 돌변해 동료의 목을 찍었으니 그자는 아무런 방비도 없이 당할 수밖에 없었다.

그 일이 객들을 당황하고 놀라게 했다.

게다가 밖에서 다시 다섯 명의 흉한이 살기가 등등해서 뛰어들어 가세하니 팽팽하던 전세가 금방 기울었다.

이제 객들은 서로 손발이 맞지 않아 허둥지둥하기만 할 뿐 제대로 대처하지 못했다.

병장기 부딪는 요란한 소리와 비명 소리가 끊이지 않고 쏟아졌다.

구수한 음식 냄새와 술 냄새가 진동하던 주가 안이 순식간에 아수라장으로 변해 버렸다.

"이게 대체……."

상목기는 너무 놀라서 할 말을 잃었다. 눈을 부릅뜨고 바라볼 뿐이다.

"그냥 모른 척해."

소초운이 빙긋 웃으며 말했다.

검광이 난무하고 고함 소리가 진동하건만 그는 태연히 술을 따라 마시고 안주를 집어 우물거린다.

"소 형님, 이제 보니 형님도 이미 이렇게 될 걸 알고 있었구려?"

"흐흐, 강호에 나서면 언제나 의외의 일들뿐이지. 일일이 신경 쓰다 보면 정작 내 할 일은 하나도 할 수 없게 돼."

"대체 저게 어찌 된 건지 속 시원하게 말 좀 해보오."

"조금만 기다리면 저절로 알게 될 걸세. 그전에 내 술이나 한잔 받아."

태평하게 상목기의 잔에 넘치도록 술을 따라준다. 상목기가 어깨를 으쓱, 했다.

아가씨와 맹인노인, 우직해 보이는 청년은 주방 쪽 벽에 붙어 선 채 꼼짝하지 않고 있었다.

조금도 겁먹거나 놀라지 않은 얼굴들이어서 그것도 상목기를 의아하게 했다.

"으악!"

마지막 비명 소리가 들리고 비로소 주청이 잠잠해졌다. 겨우 뜨거운 차 한 잔 마셨을 만한 시간 동안 벌어진 일이었다.

잠깐 사이였는데 일곱 명이나 되던 상인들이 모두 무뢰배들의 칼에 맞아 피를 철철 흘리며 쓰러진 것이다. 살아 있는 자가 하나도 없다.

상목기는 이놈들이 그저 뒷골목이나 휘젓고 다니는 무뢰
배들이 아니라는 걸 알았다.

그런 놈들이라고 볼 수 없는 날카로운 솜씨를 지니고 있었
던 것이다.

칼질이 깨끗하고 신속했다.

"확인해 봐."

팔짱을 끼고 서 있던 곽빙호가 명령했고, 부하들이 곧 쓰러
져 있는 장사꾼들 한 놈 한 놈의 생사를 확인했다.

"모두 뒈졌습니다."

"잘됐군."

끔찍한 살인을 저질렀건만 눈 하나 깜짝하지 않고 씩, 웃는
곽빙호였다.

그가 피가 뚝뚝 떨어지는 패도를 쥐고 있는 나졸에게 포권
했다.

"이 형, 포청에 박혀 있던 첩자 놈과 함께 이놈들을 모조리
끌어들여 제거하는 데는 형의 역할이 대단했소. 곽 모는 진심
으로 탄복하는 바이오."

둥근 얼굴의 나졸이 칼을 털어 핏물을 뿌리며 사람 좋아 보
이는 웃음을 흘렸다.

도저히 조금 전까지 악귀처럼 패도를 휘둘러 제 동료와 장
사꾼들을 찍어 넘기던 자라고는 믿을 수 없었다.

"허허, 내가 뭘 한 게 있다고 그러나. 그나저나 이제 한동

안은 잠잠해질 걸세.”

“그런 다음에는 지금보다 몇 배는 더 시끄러워지겠지요?”

“그러라지 뭐. 그놈들이 아무리 들쑤시고 다닌들 증거가 어디 있나? 허허허.”

“그렇지요, 하하.”

너털웃음을 터뜨린 곽빙호가 수하들에게 손짓했고, 병장기를 갈무리한 무뢰배들이 우르르 달려들어 죽어 나자빠진 자들을 하나씩 떠메고 나갔다. 흔적없이 처리할 것이다.

대체 이게 어떻게 된 영문인지 알지 못하는 상목기는 내심 잔뜩 긴장하고 있었다.

저 무지막지한 놈들이 언제 살기를 풀풀 날리며 달려들지 모르기 때문이다.

과연 곽빙호가 번쩍이는 눈으로 상목기 쪽을 바라보더니 천천히 다가왔다.

상목기가 흑선(黑扇)을 활짝 펴서 가볍게 부채질을 했다. 겉으로는 태연해 보였지만 만반의 준비를 한 것이다.

하지만 다가온 곽빙호가 보여준 행동은 또 한 번 뜻밖의 것이었다.

“많이 놀라셨지요? 미리 말씀드리지 못해서 죄송합니다.”

포권하고 머리를 숙인다. 그게 더 상목기를 얼떨떨하게 했다.

그가 눈짓으로 소초운에게 물었다. 하지만 소초운은 끝까지 모르는 척 시치미를 떼기만 했다.

그리고 곽빙호가 취한 행동이 또 한 번 상목기를 어리둥절하게 했다.

아직도 벽에 붙어 서 있는 맹인노인 일행에게 다가간 그가 옷의 먼지를 털고 정중하게 고개 숙였던 것이다.

"노야, 잠시 곤욕을 치르셨으니 죄송할 따름입니다."

맹인노인이 빙긋 웃으며 턱수염을 쓸었다.

"그거야 어쩔 수 없는 일이지."

맹인노인은 조금 전의 어수룩하고 겁먹은 그 노인이 아니었다.

느긋한 여유를 보이며 거드름을 떠는 것이 관록이 붙어 있다.

주방에서 비로소 음침하게 생긴 주인 영감이 앞치마에 손을 닦으며 걸어나왔다. 주가를 휘돌아보더니 크게 웃는다.

"하하하, 들락거리는 쥐새끼들이 꼴 보기 싫어서 쥐약이라도 놓을까 하던 참이었는데 들고양이 같은 놈이 깨끗하게 잘 처리해 주었구나. 통쾌하다, 통쾌해."

그 모든 정황을 지켜본 상목기가 벌떡 일어섰다. 심각한 얼굴이 되어서 따진다.

"소 형님, 대체 어떻게 된 일인지 말해주셔야겠습니다."

"그러지. 자, 그전에 우선 인사부터 나누게. 이쪽은 곽빙호야. 서문로의 왕초라고 소문이 자자한데 나도 직접 보기는 오늘이 처음이라네.”

곽빙호가 다시 한 번 상목기에게 포권하고 머리를 숙였다. 낯빛이며 말투가 정중한 것이 조금 전에 보았던 그 막되어먹은 자가 아니다.

“오신다는 기별을 뒤늦게 받았습니다. 부랴부랴 움직이느라고 행여 놓친 부분이 있는지 모르겠습니다. 모쪼록 크게 꾸짖지는 말아주시기 바랄 뿐입니다.”

“대체 이게 어떻게 된 일인지 곽 형이 말해주겠소?”

“편하게 말씀하십시오. 소인은 다만 본 회의 말단에 불과하니 종처럼 부리셔도 됩니다.”

“어? 이제 보니 당신도 한 식구였군?”

“무슨 냄새를 맡았는지 얼마 전부터 제남부를 들락거리는 밀천유운대의 채반자(採盤子:적의 행적이나 허실을 염탐하는 자)들이 부쩍 늘었습니다. 오늘 마침 공자님도 오시고 한 참에 그것들을 싹 쓸어버린 겁지요.”

“밀천유운대?”

상목기가 눈을 크게 떴다.

“그럼 이곳에 모여 있던 자들이 모두 그곳의…….”

“천하에 깔려 있는 수많은 채반자들 중 몇 놈일 뿐이지요. 진짜 밀천유운대의 밀자들은 몇 명이나 되는지, 어떤 놈들인지 알 수가 없습니다.”

상목기는 비로소 곽빙호가 오늘 날을 잡아서 제남부중의

채반자들을 일망타진해 버린 것임을 알았다. 그자들을 한날 한시에 한곳으로 끌어 모으기 위해서 그동안 제법 치밀한 계획을 짰을 것이다.

"그런데 그놈들이 왜 이곳에……."

"아마도 대단히 중요한 인물이 오늘 밤 여기에 온다는 첩보를 얻은 것 같습니다. 그래서 염탐하려고 모여들었던 게지요."

"그게 나란 말인가?"

곽빙호가 빙긋 웃었다.

"그거야 알 수 없지요."

주인 영감이 앞치마에 손을 닦으며 툴툴댔다.

"제기랄, 한동안 숨어서 편하게 잘 지냈는데 이제는 여기도 때려치워야겠군."

곽빙호가 씩 웃는다.

"왕 노선배님이야 벌써부터 그렇게 되기를 바라고 계시지 않았습니까?"

"흐흐, 그럼 네놈은 이 요두호심 왕 어른께서 언제까지나 이 썩어 나가는 주가에서 요리나 하며 살기를 바랐단 말이냐?"

노인의 말에 상목기가 다시 한 번 놀랐다.

요두호심(搖頭狐心) 왕필교(王畢巧)라는 이름 때문이다. 그는 여우처럼 간교하고 수단이 음흉하며 솜씨가 독랄(毒辣)하기로 오래전부터 이름 높았던 대마두였다.

그 마두가 이런 후미진 골목의 허름한 주가에 처박혀 있었다니 의아하고 놀랄 뿐이다.

또한 천명회에 그처럼 악명 높은 마두가 가입해 있다는 것도 의아했다.

두 분 회주께서도 이 사실을 알고 계신 건지 궁금해졌다.

천명회가 비록 흑도의 무리와 연합하고 있었지만 회주인 두 분 사부께서는 강호에 악명이 높은 잔혹한 마두의 입회는 완강하게 거절했다.

사부의 기준으로 미루어 짐작해 볼 때 왕필교와 같은 무리는 결코 회의 식구가 될 수 없는 마두였던 것이다.

상목기는 제가 속해 있는 천명회가 세상 사람들이 말하는 것처럼 마에 깊이 물든 사파의 무리라고는 생각하지 않았다.

강호의 기득권을 쥐고 있는 백도의 무리와 타협하지 않았기에 천대받고 있을 뿐, 마교를 계승했다는 건 사실이 아니었다.

떳떳하게 그 존재를 인정받지 못하고 있다고 해서 어찌 모두 마교의 무리로 불릴 수 있을 것인가.

상목기가 그런 생각을 하고 있을 때 한 사람이 나무 곽을 들고 들어왔다.

상목기는 그자가 자신이 이곳에 찾아온 그 시각에 주가의 뒷문을 나와 좁은 골목에서 어깨를 스치며 지나갔던 자라는 걸 알아보았다.

곽빙호에게 다가간 그자가 굽실해 보이고 말없이 나무 곽을 뒤집었다.

두 개의 수급이 탁자 위에 굴러 떨어졌다. 맨 처음 주가를 나갔던 두 명의 사내다.

그들이 몸뚱이는 어디 두고 머리통만으로 돌아온 것이다.

일이 시작되기 전, 그자는 미리 나가 골목 어귀를 지키고 있었던 게 틀림없다.

혹시라도 도망쳐 나오는 자가 있으면 마지막으로 처리하는 임무를 띠고 있었는데, 일찌감치 주가를 나온 두 놈이 그에게 걸려들었던 것이리라.

상목기는 곽빙호의 일 처리가 이처럼 치밀하고 신속하며 과감한 데에 깊은 인상을 받았다. 제남부중에 이런 자가 숨어 있다는 걸 왜 여태까지 몰랐을까? 하는 아쉬움마저 든다.

"이것으로 다 끝난 건가?"

곽빙호가 씩 웃고 말하자 사내가 다시 굽실해 보이고 주가를 나갔다. 처음부터 끝까지 한마디 말도 하지 않았다.

第五章
나는 그들과
뜻이 다르다

第五章

"그놈들은 내 정체를 캐려고 했던 것이야."

맹인노인의 말에 상목기가 안도의 숨을 내쉬었다.

"하지만 네가 소초운과 함께 불쑥 이곳에 찾아왔으니 의아하기도 했겠지."

"그럼 그자들이 벌써 저에 대해서도 의심을 품고 있었단 말입니까?"

상목기가 놀라서 묻자 곁에 묵묵히 앉아 있던 곽빙호가 빙긋 웃었다.

"그렇지는 않을 것입니다. 단지 공자의 명성이 강호에 그만큼 널리 알려졌다는 거지요."

“내 명성 때문이라고?”

“공자께서 뒷문으로 들어오셨을 때 그 두 놈이 놀라지 않던가요?”

“그때는 조금도 의심을 하지 않고 있던 터라…….”

“그러셨군요. 하지만 틀림없었을 겁니다. 최명흑선 상 공자가 불쑥, 그것도 염탐하러 온 주가의 뒷문을 통해 들어왔으니 두 놈이 놀라지 않았을 리가 없지요.”

“으음—”

상목기는 자신이 아직도 강호의 경험이 부족하다는 걸 느꼈다.

낯선 곳에 와서 낯선 자들을 보았다면 우선 그자들의 반응부터 재빨리 살펴보는 치밀함이 필요하다.

그렇지 않았다가는 영문도 모르게 낭패를 당할 수도 있으리라.

“공자를 본 두 놈이 서둘러 주가를 떠난 건 새로운 사실을 일행에게 알리기 위해서였을 겁니다.”

“나와 소 형님을 수상하게 여긴 거로군.”

“시간이 절묘했으니까요. 이곳을 수상한 곳으로 점찍어놓고 염탐하던 중인데 불쑥 공자께서 찾아왔으니 이게 웬 떡이냐, 싶었을 겁니다. 흐흐, 그러다가 저승으로 곧장 갔지만 말입니다.”

“그럼 자네는 오래전부터 이 낙빈주가를 암중에서 지켜오고 있었군?"

"오 년째 여기 왕 노선배님의 수신호위 노릇을 하고 있었던 셈입지요."

"호위는 개뿔."

가만히 듣고만 있던 요두호심 왕필교가 코웃음을 쳤다.

"이놈아, 그동안 네놈이 소란을 부린 통에 망가진 집기며 도망친 손님들을 생각하면 이가 갈린다. 내가 본 손해가 얼마나 되는지 알아?"

"그거야 저놈들의 눈과 귀를 속이려면 어쩔 수 없었던 일이지요. 그렇지 않았으면 벌써 저놈들이 왕 노선배님의 정체를 눈치 챘을 겁니다."

"흥! 그래 봤자 나를 어쩌겠어?"

"왕 노선배님이 문제가 아니라 본 회에서 애써 박아놓은 근거지 한 곳을 잃게 되지 않겠습니까? 그게 중요한 거지요."

거기에는 대꾸할 말이 없는지 왕필교가 쓴 입맛을 다시며 물러앉았다.

그때까지 느긋한 얼굴로 앉아 있던 소초운이 웃으며 입을 열었다.

"그나저나 이런 곳에서 노선배님을 뵙게 될 줄은 몰랐습니다."

맹인노인이 희미하게 웃었다.

"마찬가지일세. 나도 이런 곳에서 자네를 만나게 될 줄 몰랐으니까."

"혹시 중요한 일이라도 있으신 겁니까?"

"곧 죽을 늙은이에게 중요한 일이 뭐가 있겠나?"

"하지만 오랜 은거를 깨고 이처럼 강호에 다시 나오셨을 때는 그만한 이유가 있을 텐데요?"

맹인노인이 상목기를 가리키며 말했다.

"흘흘, 아마도 저 아이가 생각하고 있는 것과 비슷한 것 아닐까?"

"그러시군요."

소초운이 심각해진 얼굴을 끄덕였다.

상목기는 노인을 처음 본다. 하지만 소초운에게서 그를 소개받았을 때 놀랐던 걸 생각하면 지금도 가슴이 뛰었다.

조작량이 주도했던 이차 정사대전에서 마교도로 몰린 흑도의 수많은 고수들이 죽었다.

무림에서 흑도의 존재가 뿌리 뽑혔다고 할 만큼 그 피해가 컸지만, 그들이 모두 죽은 건 아니었다.

아무리 조작량이라 해도 수많은 흑도의 고수들을 다 죽일 수는 없었기 때문이다.

걸출한 자들 중 더러는 죽음을 가장하여 몸을 숨겼고, 조작량은 그것마저 막을 수 없었다.

오늘날 무림에서 흑도는 유명무실하게 되었다. 그러나 사람들은 세상의 어디엔가는 아직도 흑도의 거물들이 숨어 있으리라는 걸 누구나 다 짐작했다.

죽었다고 알려진 자들 중 살아 있는 자도 더러 있을 것이다.

그들이 몇 명이나 되는지, 누구인지는 아무도 알 수 없었다.

다시 세상에 나와 분란을 일으키지만 않는다면 이대로 영영 잊혀질 수도 있는 일인 것이다.

맹인노인은 천목일괴(天目一怪) 황문걸(黃門杰)이었다.

그 역시 이차 정사대전 이후 강호에서 사라져 버린 절세의 고수 중 한 명이었다.

그는 특이하게 흑도나 백도 어느 쪽에도 속하지 않았던 사람으로서, 홀로 강호를 주유하며 아무 거리낌 없이 호쾌하게 살아가던 영웅이기도 했다.

그런 그가 사라지자 무림에서는 그의 절기인 칠십이파몽운검법(七十二波夢雲劍法)이 실전된 걸 애석해하는 사람들이 많았다.

후인에게 전해져 강호의 유산으로 남아야 할 위대한 검법 절기 하나가 소멸된 건 크나큰 손실이었던 것이다.

그런데 그가 오늘 볼품없는 칠십의 맹인노인이 되어 다시 나타났다.

강호에 이 사실이 알려지면 모두 기겁을 할 놀라운 사건이었다.

상목기는 사부로부터 그가 과거 교주(敎主)의 네 호법 중한 명이라는 걸 들어 알고 있었다.

하지만 사부조차 그의 생존 여부에 대해서는 한마디도 해주지 않았으므로 그가 설마 다시 나타나리라고는 생각해 보지 않았다.

그러던 차에 이처럼 갑자기 마주치자 적잖게 당황할 수밖에 없었다.

그 천목일괴 황문걸이 오랫동안의 은둔을 깨고 불쑥 제남성에 모습을 드러냈다는 건 무언가 크고 중요한 일이 벌어지고 있다는 걸 짐작하게 해주었다.

상목기는 마음이 편치 않았다. 눈치를 보니 황문걸의 존재를 자신만 까맣게 모르고 있었던 게 틀림없기 때문이다. 그래서 상목기는 이들로부터 소외당한 것 같은 서운함을 느껴야했다.

'도대체 내가 알고 있는 게 뭔가?' 하는 의문마저 든다.

그런 생각에 잠겨 있느라 그는 황문걸의 뒤에 앉아 있는 아가씨가 자신을 힐끔거리고 있다는 걸 전혀 의식하지 못했다.

그녀는 할아버지의 어깨 너머로 가끔씩 고개를 기웃거려 상목기를 훔쳐보았는데, 눈가에 뜨거운 열기가 담겨 있었다.

황문걸이 여태까지 감고 있던 두 눈을 떴다. 흰자위뿐인 눈을 끔뻑거린다.

그 모습이 으스스해 보여서 모두 마른침을 삼키며 입을 다물었다.

노인이 가라앉은 음성으로 천천히 말했다.

"우리의 목표는 오직 하나. 지존보를 무너뜨리고 그 자리를 차지하는 것이다."

모두의 얼굴에 엄숙하고 비장한 빛이 떠올랐다.

흰자위뿐인 눈을 번뜩이며 천천히 그들을 둘러본 황문걸이 단호한 음성으로 말을 계속했다.

"우리를 비웃고 욕하던 백도 놈들에게 우리의 진정한 힘을 보여주는 거지."

"좋습니다!"

곽빙호가 무릎을 치며 크게 소리쳤다.

"저희들은 바로 그와 같은 날을 기다리며 이처럼 굴욕을 참고 살아왔습니다!"

감히 그가 나설 자리가 아니라 왕필교가 잔뜩 낮을 찌푸리고 노려보았지만 황문걸은 개의치 않았다.

오히려 그런 곽빙호가 대견하다는 듯 희미한 미소까지 띠었다.

턱수염을 쓰다듬은 그가 다시 말했다.

"그놈들이 우리에게 무릎 꿇고 머리를 조아릴 때 비로소 삶이 유쾌하고 통쾌해질 것이다."

"……."

"때로는 수단이 지독해지기도 하지만 약한 자가 살아남기 위해서는 불가피한 일이지. 그것만으로 우리를 잔인무도한 마교도로 몰아붙인다면 그들이 너무 이기적인 거야."

"……."

"과거 조작량 그놈이 우리에게 한 짓을 생각해 보아라. 그놈의 수단은 우리들 중 그 누구보다 악랄하고 지독했다."

노인의 얼굴에 노여움이 가득했다. 울분과 분노를 참을 수 없는 듯 흰 수염을 부르르 떤다.

"흑도의 마두들이라고? 마교의 무리라고? 홍! 개소리!"

거친 숨을 씩씩거리던 황문걸이 가까스로 진정하고 다시 말했다.

"그놈이야말로 사악하고 잔인무도한 놈이다. 우리는 그놈에게 똑같이 되돌려주어야 해. 그놈을 하늘처럼 믿고 따르는 백도의 무리들을 짓밟고, 그 어리석음을 비웃어주어야 한다."

"……."

"그게 우리가 모진 굴욕을 감내하며 죽은 듯 숨어서 이날까지 기다려 온 유일한 이유다."

상목기는 그가 무슨 말을 하려는 건지 의아해졌다.

그의 말은 너무 과격하고, 그의 심중은 너무 음침하다는 인상을 받았다.

몇 마디 말에서 상목기는 황문걸의 가슴속에 가득 차 있는 증오와 복수심을 느꼈다.

황문걸이 스산한 음성으로 말을 이었다.

"밀천유운대의 채반자 놈들이 내가 제남부중에 들어오기 무섭게 따라붙은 게 심상치 않다. 불길한 조짐이지."

잠시 흰자위뿐인 눈을 끔뻑이며 무언가를 생각하더니 다시 말한다.

"어쩌면 밀천유운대에서는 암중에 우리의 존재에 대해서 의심할 만한 어떤 단서를 찾아낸 건지도 모른다."

그 말에 모두 긴장한 얼굴이 되었다.

"그렇다면 치밀한 그물이 조금씩 조여오겠지. 오늘 일이 바로 그 시작을 알리는 신호탄인지도 몰라."

"으음―"

묵묵히 듣고만 있던 요두호심 왕필교가 낮은 신음을 흘렸다. 황문걸이 흰자위를 번뜩이며 그를 돌아보았다.

"왜? 두려우냐?"

왕필교가 두 손을 내저으며 급히 말한다.

"아니올시다. 다만 그놈들과 한바탕 붙을 날이 머지않았다니 흥분될 뿐입지요. 흐흐흐, 이번에야말로 이 요두호심 왕필교가 얼마나 지독하고 악독한 놈인지 그놈들에게 똑똑히 가르쳐 줄 작정입니다."

만족한 듯 머리를 끄덕인 황문걸이 하던 말을 계속했다.

"머지않아 나와 천명회의 존재가 그들에게 드러나고 말 터. 그렇게 되면 한바탕 피비린내가 강호에 진동하게 될 것이다.”

모두의 머릿속에 제삼차 정사대전이라는 말이 번갯불처럼 흘러갔다.

등줄기에 절로 소름이 돋고 긴장으로 목뼈가 뻣뻣해진다.

황문걸이 번뜩이는 흰 눈으로 둘러보며 천천히, 단호하게 말했다.

“이쯤에서 우리가 먼저 그놈들의 허를 찔러 놀라게 해줄 필요가 있다고 본다.”

상목기가 참지 못하고 물었다.

“그 말씀은……?”

“강호라는 이 썩어가는 호수에 돌을 던지는 자가 되겠다는 거지.”

“……?”

“파문이 호수 전체로 퍼져 나갈 것이다. 피할 수 없는 일이야.”

“하오면, 노선배께서는 지존보를 격동시켜 강호 전체에 우리의 존재를 알리시겠다는 말씀입니까?”

“그것보다는 천하에 흩어져 숨어 있는 흑도의 무리에게 우리가 건재하다는 걸 알리겠다는 것이다.”

확신이 느껴진다. 그는 제가 계획한 이 일이 옳다고 굳게 믿고 있는 것이다. 그래서 더 위험하다.

상목기가 잔뜩 긴장했지만 황문걸은 알지 못했다. 볼 수가 없기 때문이다.

그가 생각만 해도 통쾌한지 흐흐, 웃으며 다시 말했다.

"우리가 시작했다는 걸 알면 그들은 다시 떨치고 일어날 용기를 갖게 될 것이다. 그들에게 더 이상 지존보의 눈치를 보지 않아도 된다는 자신감을 갖도록 해주는 게 지금은 가장 중요하다."

"그건……."

"물론 위험도 따르겠지. 그 일로 인해서 천명회의 존재가 드러나게 될지도 모르니까. 하지만 가만히 있어도 머지않아 드러나고 말 텐데 그럴 바에는 이쪽에서 선공의 이득을 최대한 얻어내는 게 낫겠지."

"감히 한마디만 더 여쭙겠습니다."

상목기가 정중하게 말했다. 하지만 그의 얼굴은 어느덧 딱딱하게 굳어 있었다.

모두를 한 번 둘러본 그가 천천히, 긴장하여 말했다.

"두 분 회주님의 허락은 받으신 겁니까?"

황문걸이 으스스하게 번쩍이는 흰 눈으로 상목기를 뚫어지게 바라보더니 눈을 감아버렸다.

그는 대답하지 않았고, 좁은 밀실 안에는 무거운 침묵이 오랫동안 흘렀다. 모두의 숨소리가 조금씩 거칠어져 갈 때쯤 황문걸이 눈을 감은 채 음성을 낮추어 말했다.

"나는 그들과 뜻이 다르다."

"억!"

의외의 대답에 상목기가 크게 놀라 몸을 물렸다. 매서운 눈길로 황문걸을 노려보며 재차 확인한다.

"그 말씀은 두 분 회주님과 상의하지 않은 채 황 노선배님 독단적으로 이번 일을 결정했다는 것이고, 또한 앞으로도 그렇게 하시겠다는 의미입니까?"

"그렇다. 나는 겁 많은 노인들로 변해 버린 그들 두 사람을 더 이상 회주로 인정하지 않을 것이다."

"어떻게 그런 말씀을 할 수가 있단 말입니까?"

상목기가 벌떡 일어섰다. 얼굴 가득 놀람과 분노의 기색이 어려서 싸늘해졌다.

황문걸이 더욱 음침해진 음성으로 느긋하게 말했다.

"흑도의 힘은 언제나 백도 놈들보다 앞서 있었다. 다만 그 놈들처럼 뭉치지 못했기에 늘 당했던 거지."

그 말에는 상목기도 동의한다.

"나는 그 잘난 두 명의 회주가 그 일을 해줄 것을 바랐다. 하지만 그들은 지금도 망설이며 조작량의 눈치만 보고 있지. 대체 언제까지 그럴 작정이냐?"

"신중하려는 겁니다. 또다시 실패해서는 안 되기 때문이지요."

상목기가 사부이자 회주인 두 노인을 위하여 대변했지만 황문걸은 코웃음을 칠 뿐 동의하지 않았다.

"신중이 지나치면 결국 겁쟁이가 되고 만다. 그들은 겁쟁이야."

그 말이 상목기를 화나게 했다. 누구도, 비록 천목일괴 황문걸이라고 할지라도 사부님을 욕하는 건 참을 수 없다. 참아서도 안 된다.

"나는 동의할 수 없습니다! 노선배님의 뜻에 동참하지 않겠습니다!"

분노로 볼을 떨며 소리친 상목기가 문을 박차고 나갔다.

"이보게, 상 아우!"

소초운이 급히 그를 부르며 일어서자 황문걸이 넌지시 말했다.

"가서 잘 타일러 보게. 그는 아직 어려서 사리판단에 서툴러. 자네가 천천히 설득한다면 바뀔 수도 있겠지."

말없이 포권해 보인 소초운이 급히 나갔고 머쓱해 있던 사람들이 쓴 입맛을 다셨다.

"정 반대하면 죽여 버리는 게 우리 앞날을 위해 도움이 될 것 같군요."

왕필교가 은근히 말했다.

황문걸이 머리를 흔든다.

"아직은 두고 봐야지. 한 사람의 힘이 아쉬운 때 아닌가. 그를 설득할 수만 있다면 우리에게 큰 힘이 되지."

상목기는 단단히 화가 나서 골목을 벗어났다. 군데군데 지키고 서 있는 무뢰배들이 의아해서 바라보았는데, 그때마다 상목기의 매서운 눈길을 받고 찔끔했다.

바삐 따라온 소초운이 그의 옷소매를 붙들었다.

"상 아우, 어디 가서 조용히 얘기나 좀 하세."

"이제 보니 소 형님도 황 노선배에게 포섭당해 있었군요. 그래서 맹세를 저버리고 본 회를 배신했으니 더 이상 상종하지 않겠소!"

"그렇게 급히 결론지을 거 없어. 나에게는 달리 생각이 없는 줄 아나?"

소초운이 한사코 뿌리치는 상목기를 납치하다시피 하여 서문로변의 찻집으로 밀고 들어갔다.

몇 잔의 차를 거푸 마시고 나자 흥분이 어느 정도 가라앉은 듯 상목기가 차가운 눈으로 소초운을 노려보았다.

"그래, 형님이 이 못난 아우에게 하실 말씀이라는 게 뭡니까?"

"단도직입적으로 말하지. 나는 오직 강동산의 복수를 원할 뿐이다."

"그거야 저도 원하는 바입니다."

"그렇다면 됐군. 이제 그걸 하는 거야."

"황 노선배의 힘을 빌어서 말입니까?"

"호랑이도 사슴을 잡고 늑대도 사슴을 잡네. 중요한 건 사슴을 잡는다는 거지 호랑이나 늑대가 아니야.”

“목적을 달성할 수만 있다면 수단이나 방법은 아무 상관도 없다는 겁니까?”

“우리는 도덕군자가 아닐세. 그런 건 고리타분해서 직성에 맞지 않아.”

“무엇이 비겁한 건지, 무엇이 떳떳한 건지 구분하는 건 반드시 도덕군자만 할 수 있는 일이 아닙니다.”

“생각해 보게.”

“…….”

“그들, 백도의 무리와 조작량, 그리고 그의 지존보는 항상 거만했네.”

“동의합니다.”

“그 거만이 곧 그들의 추진력이 되어서 그동안 발전을 거듭했고 쭉 전진만을 해왔지. 그래서 지금은 강호의 주인이 되었어.”

“…….”

“대단한 일이지. 하지만 그들이 그렇게 되기까지에는 수많은 사람들, 마교도로 몰린 우리와 같은 사람들의 희생이 있었다는 걸 그들은 인정하지 않는다.”

말을 할수록 스스로 격해지는지 소초운의 음성이 열기를 띠어갔고, 눈에는 이글거리는 불덩이가 담겼다.

“우리의 약점이 뭔지 아나? 조금 전 황 노선배가 말했듯이 뭉치지 못한다는 거네. 모두 제 자존심과 이익만 생각하지. 그것이 결국 자기 자신을 파멸로 이끈다는 걸 알지 못해.”

“…….”

“파멸이 코앞에 닥쳤을 때에야 그들은 뉘우치면서 말한다. ‘다음에 두고 보자’ 라고 말이야.”

“…….”

“그들의 결론은 언제나 지금이 아니라 다음에 있지. 왜 그 럴까?”

“힘이 없기 때문이지요.”

“바로 그렇다네. 비겁한 일이지. 비겁한 자들이 늘 하는 말 이 다음, 언제나 다음이지. 힘이 없는 자는 비겁해진다. 그게 강호의 생리다.”

상목기의 얼굴이 시무룩해졌다. 그를 노려보면서 소초운 이 힘주어 말했다.

“이제 그 답을 자네도 알게 되었네.”

“…….”

“스스로를 당당하게 해주는 그 힘은 ‘우리’ 라는 의식에서 나오는 것이지. 저마다 제 주장만 하며 모래알처럼 흩어져서 는 백 년, 천 년이 지나도 결코 백도를 이길 수 없을 걸세. 그 러니 고작, ‘다음에는 어떻게 되겠지’ 하고 핑계를 삼는 거 야.”

“그렇게 뭉치는 구심점이 왜 황 노선배가 되어야 한다는

겁니까? 그는 변했습니다. 과거의 황문걸이 아니라 대악인이
된 듯하더군요."

소초운이 빙긋 웃었다.

"그는 스스로의 길을 택했으니 자기 자신에게 그만큼 정직
해지기로 한 거지. 그건 곧 자신감과 신념이 있다는 것이기도
하고. 바로 그게 사람들을 끌어들이는 힘이 된 거야."

"그래서 소 형님도 그를 따르게 되었습니까?"

"말했지 않은가? 나의 목적은 오직 하나, 강동산의 복수를
하는 것뿐이라고. 그것을 안전하고 가능하게 할 수 있는 수단
과 방법을 찾을 뿐일세."

묵묵히 그를 노려보던 상목기가 굳은 얼굴로 물었다.

"이 일을 회주님도 알고 계신가요?"

"모르실 거네."

"그렇다면 소 형님은 회주님의 명도 없이 그들과 손을 잡
은 것이군요?"

"오해하지 말게. 그들은 이틀 전에 나에게 접촉해 왔고, 우
리가 손을 쓸 시간은 촉박하네. 회주님께 보고하고 허락을 기
다릴 여유가 없지 않은가?"

"하지만 황 노선배가 명백히 반기를 든 이상 더는 그들과
동행할 수 없다고 봅니다."

"잠시 그들의 힘을 이용하자는 것뿐일세. 강동산의 복수를
하고 난 다음에 회주님께 이번 일을 보고하자는 거야. 그래도

늦지 않아."

"나는 내 의지와 힘으로 합니다!"

더 말할 것 없다는 듯 상목기가 자리를 박차고 일어섰다.


'그는 무서운 사람이다. 무섭게 변했다.'

상목기는 그 생각을 떨쳐 버릴 수 없었다.

비록 미리 계획되었던 일이라고는 해도 코앞에서 일곱 명의 객들이 참살당해 피가 튀고 비명성이 진동했건만 눈썹 하나 까딱하지 않았다.

그리고 새까만 후배에 지나지 않는 자신의 무례한 언동을 끝까지 참고 내색하지 않았다.

그 이름이 이미 천하를 진동시켰던 황문걸 아니던가. 그런 그가 인내할 줄 아는 자라는 게 상목기를 더욱 긴장하게 했다.

실력이 있으면서 인내할 줄도 안다는 것처럼 무서운 사람은 또 없기 때문이다.

행동이 괴팍하기는 했지만 의협의 마음을 잃지 않고 있어서 젊었을 때는 대협으로까지 불렸던 그였다. 그러다가 정사대전의 와중에서 마교도로 몰려 백도의 집요한 공격을 받고 두 눈을 잃은 뒤 겨우 살아남았다.

그 원한을 잊지 못하고 있던 탓에 삼십 년 가까이 지난 지금은 성격마저 그토록 음흉하고 지독하게 변한 건지도 몰랐다.

그의 마음속에는 복수심만 들끓어 오르게 된 것이다.

죽은 거나 다름없던 지난 세월에 대한 보상을 받고 싶었으리라.

죽기 전에 그 일을 해내야 한다는 조급함 때문에 천명회의 신중한 처신이 불만이었다면 이해가 간다.

하지만 그의 주장은 사부님의 가르침과는 다른 것이고, 더불어 사는 새로운 세상을 만든다는 천명회 본래의 취지와도 달랐다.

그의 말대로 행한다면 그야말로 마도로 떨어져 버리는 것이다.

지존보의 독패를 원망하면서 스스로 그 길을 간다는 건 명백한 오류의 답습이다.

'이 일을 사부님께 알려야 한다.'

상목기는 지금 제가 할 수 있는 일이 그것밖에 없다는 걸 알았다.

두 분 사부님께서 이 일과 천목일괴 황문걸에 대하여 합당한 조치를 취하실 때까지 기다려야 하는 것이다.

하지만 그전에 확인해 봐야 할 게 한 가지 있다.

"어디로 가는 건가?"

저만큼 떨어져서 뒤따르던 소초운이 빠른 걸음으로 다가와 곁에 붙어 서며 물었다.

상목기는 서문로를 나와 남쪽으로 방향을 잡고 부지런히 걷고 있는 중이었다.

그가 아직 화가 풀리지 않은 듯 소초운을 돌아보지도 않은 채 짧게 대답했다.

"남명가로(南明街路)."

"남명가로?"

소초운의 얼굴에 긴장이 어렸다.

"설마 이렇게 뚜벅뚜벅 걸어서 그들 속으로 들어가려는 건 아니겠지?"

"그래서는 안 될 일이라도 있소?"

"이 사람!"

"흥!"

소초운이 정색을 하고 옷자락을 움켜쥐었지만 상목기는 코웃음과 함께 매정하게 그것을 뿌리쳤다.

소초운은 멍하니 서서 멀어지는 상목기의 뒷모습을 바라보았다.

상목기는 모질고 단호한 데가 있는 자였다. 저렇게 고집을 부리기 시작하면 황제의 명으로도 되돌려놓을 수 없다.

그가 혼자 가도록 놔둬야 할지, 아니면 낙빈주가로 돌아가 이 일을 알리고 도움을 청해야 할지 언뜻 판단이 서지 않아서 머뭇거리던 소초운이 한숨을 쉬고 그를 따랐다.

# 第六章

## 집념이라는 것

第六章

한 사람이 찾아왔다.

그가 왔다는 전갈을 받은 류가 늦은 저녁 식탁을 엎을 듯 벌떡 뛰어 일어났다.

어리둥절한 염가연을 힐끔 보고는 말도 없이 밖으로 뛰어 나간다.

"그가 왔다고? 왜?"

염가연이 젓가락을 입에 댄 채 중얼거렸다.

그런 그녀를 샐쭉해서 흘겨보는 한 사람.

문 앞에 서 있는 단목향이었다.

그들은 다섯 개의 전각이 있고 네 겹의 담으로 에워싸여 있는 커다란 장원 한 채를 통째로 빌려 쓰고 있는 중이었다.

제남부중에서 부자들이 모여 사는 남명가로 깊숙한 곳에 있는 고택(古宅)이다.

염가연은 후원 깊숙한 곳에 숙소를 정했다.

독립된 별채인 백화각(百花閣)인데, 오직 류만이 그녀의 수신호위로서 그곳에 함께 있을 뿐, 검기령의 청년 검사들은 한 발짝도 들어오지 못했다.

그러므로 단목향은 꽁꽁 닫힌 백화각 안에서 류와 그녀가 무슨 짓을 하는지 알 수 없었다.

바깥의 소식을 전달한다는 핑계로 직접 찾아와 봤더니 두 사람이 마주 앉아 오붓한 저녁 식사를 하고 있는 것 아닌가.

시종이나 다름없는 수신호위와, 그를 부리는 주인의 모습이라고는 누구도 믿지 않을 그런 다정한 분위기였다.

그래서 속이 부글부글 끓어올랐는데, 류는 방을 뛰쳐나가면서 한 번도 돌아봐 주지 않았다. 그게 그녀를 더욱 속상하게 했다.

묵묵히 염가연을 바라보던 그녀가 고개만 까딱 해 보이고 말도 없이 돌아갔지만 염가연은 모르는 척했다.


"이놈아!"

류의 커다란 고함 소리가 대청을 쩌르릉 울린다. 밖에서 서성이며 밤 경계를 서고 있던 검기령의 청년들이 깜짝 놀랐다.

그들은 류가 저렇게 아이처럼 소리치며 반가워하는 걸 처음 본다. 어리둥절하기만 했다.

"이 빌어먹을 놈아!"

객청 안에서도 마주 고함치는 소리가 들려왔다. 그리고 한 사람이 넘어질 듯 달려나온다.

황룡문주의 막내 제자인 표양신이었다.

주위의 눈들에 아랑곳하지 않고 두 사람이 와락 부둥켜안았다. 얼싸안고 빙글빙글 돈다.

"하하하, 이놈이 몇 달 못 본 동안 제법 토실토실해졌구나?"

류의 말에 표양신이 아래위를 흘겨보며 대꾸했다.

"흥! 그렇게 입고 있으니 이제 좀 사람 꼴을 갖춘 것 같군."

"왜? 내가 언제는 사람 꼴이 아니었냐?"

"촌닭이었지."

"썩을 놈."

히히, 웃은 표양신이 류의 손을 잡고 객청 안으로 들어갔다.

마주 앉아서 바라보는 두 사람의 눈에 정감이 가득했다.

표양신이 웃음을 거두고 다그쳤다.

"나쁜 놈아, 여기까지 왔으면서 왜 황룡문으로 찾아오지 않는 거야?"

"번거롭잖아. 한밤중에 이 사람들이 모두 들이닥치면 문주님께서는 또 얼마나 놀라시겠어?"

"솔직하게 말해. 내가 보기 싫었던 거지?"

"그것도 이유이긴 하다."

"쳇, 나쁜 놈. 음흉한 놈. 늑대 같은 놈."

"다 좋은데, 늑대 같다는 그건 빼라."

"승냥이 같은 놈이라고 해줄까?"

"대체 왜?"

"샘이 나서 그런다."

"응?"

"나는 그렇게 갖기를 원해도 구경조차 할 수 없는 걸 너는 힘 하나 들이지 않고 독차지했으니 질투가 안 날 수 있어?"

"아하, 그녀 때문이로군?"

류가 탁자를 두드리며 웃다가 눈을 흘겼다.

"이제 보니 네놈은 이 형님이 보고 싶어서 온 게 아니라 바로 그녀의 냄새를 맡고 이 밤중에 도둑놈처럼 찾아온 거로구나?"

"구리구리한 냄새가 진동하는 네까짓 놈이 뭐가 좋다고 보고 싶겠어?"

"쳇, 너야말로 나쁜 놈이다. 고작 그따위로밖에는 말하지 못하다니."

표양신이 류의 손을 덥석 잡았다.

"나도 끼워줘라."

"뭘?"

"너와 동행하게 해달란 말이다."

"이 음흉한 너구리야, 사내답게 그냥 솔직히 말해. 그녀를 보고 싶다고 말이다."

"보고 싶다."

"좋다. 너의 소원을 들어주지. 가자."

류가 표양신의 손을 잡아끌었다. 그러자 그가 엉덩이를 빼며 주저한다.

"왜 그래? 좋아할 줄 알았더니 싫은 거냐?"

"그게 아니고……."

"아니고?"

"소식을 듣고 급히 나오느라고 옷을 제대로 갖춰 입지도 못했단 말이다. 꼬질꼬질해 보이지?"

"하하하—"

얼굴을 붉히는 표양신 앞에서 류가 크게 웃었다. 그럴수록 표양신은 더욱 기가 죽어 어쩔 줄 모르고 쩔쩔맸다.


염가연은 모자를 쓰고 망사를 내려 얼굴을 가린 다음에야 나왔다.

얼굴을 볼 수 없는 게 서운하련만, 표양신은 상관없다는 듯 넋을 잃고 그녀를 바라볼 뿐이었다.

류가 태연한 신색으로 그녀에게 포권하며 말했다. 표양신의 앞이라는 걸 의식하는 터라 수신호위가 상전을 대하는 태도로 돌아가지 않을 수 없다.

"각주님도 아시겠지요? 황룡문의 골칫덩이인 막내 제자 표양신이랍니다."

염가연이 턱을 끄덕였다.

"각주님이 이곳에 왔다는 소식을 듣고 이렇게 밤길을 정신없이 달려왔답니다."

"왜지요? 무슨 일이라도 있나요?"

비로소 그녀의 낭랑한 음성이 귓속에 파고들었다. 표양신은 더욱 얼이 나갔다. 입마저 헤, 벌리고 있지만 의식하지 못한다. 더욱 몽롱해진 눈을 그녀에게서 떼지 못했다.

류가 대신 대답했다.

"그가 황룡문을 대표해서 각주님의 호위 행렬에 동참하고 싶다는군요."

"뜻은 고맙지만 사양하겠어요."

그녀의 말은 쌀쌀했다. 표양신의 얼굴이 순식간에 어두워졌다.

그녀는 잔인하게도 그의 가슴에 못질을 한다.

"모르는 사람을 가까이 두고 싶지 않군요. 호위는 지금으로도 충분해요."

찬바람을 일으키며 돌아서더니 거처로 돌아가 버렸다.

"제기랄, 저 인정머리없는 것 같으니."

류가 표양신을 힐끔거리며 낮게 투덜거렸다.

표양신의 안색은 흙빛으로 변해 있었다. 울 듯하다. 그러더니 한숨을 푹, 쉬었다.

"휴— 그렇지, 그녀의 말이 맞아. 모르는 사람이지."

자조적인 말속에 감출 수 없는 상심(傷心)의 아픔이 배어 있다.

그가 어깨를 초라하게 떨군 채 돌아섰다.

"이놈아, 어딜 가려고?"

류가 급히 불렀지만 표양신은 돌아보지도 않고 터벅터벅 백화각을 떠날 뿐이었다.


"이렇게 멀리 나와도 되는 거냐?"

말없이 텅 빈 골목길을 터덜터덜 걸어 내려가던 표양신이 멈추어 서서 물었다. 역시 말없이 그의 곁을 따르던 류가 머리를 저었다.

"상관없어. 될 대로 되라지 뭐."

"그녀를 곁에서 지켜야 하는 놈이 그런 말을 하다니."

"쳇, 하나뿐인 내 친구를 그따위로밖에 대접하지 않는 여자다. 도둑놈이 업어간다고 해도 상관하지 않겠어."

"뭐라고? 그건 안 돼!"

표양신이 갑자기 소리쳤으므로 류가 흠칫 놀랐다.

"절대로 그녀의 신상에 나쁜 일이 있어서는 안 된다."

“이런이런, 순진한 놈인지 바보인지 모르겠구나. 이놈아, 거기에는 검기령의 검사들이 오십 명이나 있고 단목향이 있다. 게다가 그들은 모두 지존보의 사람들이야. 누가 감히 정말 그녀를 노리고 월장을 하겠느냐?”

“하긴…….”

표양신이 다시 시무룩해졌다. 그녀와 자신과의 차이를 느끼자 더욱 절망적이 된다.

류가 그의 등을 떠밀었다.

“가자, 가. 어디 가서 밤새 코가 비틀어지게 마시자.”

지금 상심한 표양신을 위로해 줄 방법은 그것밖에 생각나지 않았다.


그들은 남명가로 초입에 있는 조용한 주루의 문을 열고 들어섰다.

늦은 밤이지만 아직 영업을 하고 있었는데, 남명가로의 부자들만을 고객으로 상대하는 곳이라 지극히 화려하면서도 품위 있고 우아하게 치장되어 있었다.

술을 파는 곳이라기보다 오래된 저택의 아늑한 내실에 들어와 있는 것 같은 느낌을 준다.

몇 사람의 취객이 있을 뿐 텅 비었다.

점잖아 보이는 사람들답게 그들은 술에 취해 있으면서도 왁자지껄 떠들지 않았다.

조용조용히 이야기하고 소리없이 술을 마신다.

그 한구석에서 류와 표양신은 마치 화가 난 사람들처럼 말 없이 술만 마시기 시작했다.

마신다기보다 퍼붓는다는 게 어울릴 만큼 표양신은 과하게 술을 마셔댔다. 걱정스러워진 류가 만류해 보지만 소용없다.

두 단지의 술을 비웠을 때 드디어 표양신의 몸이 흔들리기 시작했다.

그가 낄낄거리며 웃었다. 그 소리가 거슬렸던지 저쪽의 주객 몇 명이 힐끔거렸지만 상관하지 않았다.

"이봐, 잘난 친구야. 너는 우리가 모두 뭐라고 생각해?"

"무슨 소리냐?"

"이 표양신이랑 너, 류라는 이상한 놈. 그리고 염 소저며 기타 다른 사람들 모두 말이다."

"……."

"우리가 어디를 바라보고, 무엇을 위해서 이렇게 지치도록 달려가기만 하고 있는 거지?"

"취했구나."

"흐흐, 난 아직 멀쩡하다. 그래서 골이 아프다. 정신을 잃도록 취해보고 싶은데, 그래서 이 빌어먹을 표양신이라는 놈을 잊어버리고 싶은데 그럴 수가 없네?"

"그럼 더 마셔라. 자."

"잠깐, 아직 내 물음에 대답하지 않았다."

"너처럼 머리 복잡하게 사는 놈이라면 모를까 나는 그런 것 생각하지 않는다. 밥 처먹고 할 일이 그렇게 없어?"

"쳇, 무식한 놈."

혀를 찬 표양신이 횡설수설하기 시작했다.

"우린 말이지, 그냥 같은 강을 건너는 여행자들이거든."

"……?"

"조부모, 부모, 아들, 딸들. 사부에 제자, 친구며 애인 등등 이 다 같이 한 배를 타고 있는 거야."

"헛소리."

"들어봐. 그 빌어먹게 좁은 배 안에서 사공이 젓는 노에 몸을 맡기고 흘러가는 무기력한 인생들인데, 잘난 놈이 어디 있고 못난 놈이 어디 있어? 안 그러냐?"

"그래, 그래, 네 말이 옳다. 자, 마셔."

"강 바깥에서는 제가 얼마나 잘났고 위세 등등했는지 모르지만 쪽배에 몸을 실은 이상 그냥 강을 건너는 나그네에 지나지 않는 거야."

취한 말속에 한이 깃들어 있다.

"적어도 강물 위에서는 그 잘난 놈들도 못난 놈과 차이가 없단 말이다. 안 그래?"

"아직도 꽁하고 있구나? 속 좁은 놈 같으니. 뭐 하고 있어? 술이나 처마시라니까."

“가만있어 봐, 이 자식아. 어르신이 말씀하시는 데 헷갈리잖아.”

류의 손을 뿌리친 표양신이 이제는 삿대질마저 해가며 크게 떠들어댔다.

“하지만 말이야. 비록 같은 배를 타고 강물 위를 흘러가고 있지만 말이야, 그들에게는 각자의 시간이 있거든? 그게 뭔지 아니?”

류는 더 이상 대꾸하지 않았다.

눈은 표양신을 보고 있었지만 마음은 조금 전에 주루 안으로 들어온 새로운 손님 두 사람에게 가 있었다.

상목기와 소초운이다.

표양신이 아무것도 모르고 입에서 침을 튕겨가며 크게 말했다.

“강 건너에 두고 온 추억이라는 거야. 알아? 추억이라구. 염병할.”

‘추억…….’

표양신의 그 말 한마디가 류의 가슴속에도 불쑥 그늘을 옮겨놓았다.

“그 잘난 추억을 사람들은 서로 나누어 가질 수가 없는 거야. 그게 사람들을 싸우게 하고 헤어지게 한다구. 빌어먹을 추억 같으니.”

상목기와 소초운이 이쪽을 힐끔거린다.

대체 이 조용한 곳에서 술에 취해 떠들고 있는 무례한 자가 누구인지 궁금해서 돌아보는 것처럼 자연스러운 행동이었다.

'이건 이상한 놈들이다.'

하지만 류는 그들이 들어섰을 때부터 그런 느낌을 받고 있었다.

그건 무어라고 규정할 수 없는 꺼림칙한 느낌이었다. 마음이 무거워지고 답답해진다.

아무것도 알지 못하는 표양신은 계속 큰 소리로 횡설수설해 댔다.

"나는 말이다, 너하고 추억을 공유한 부분이 적지 않거든? 그래서 일정 부분 너의 시간과 나의 시간은 같이 흘러."

류는 그의 말이 옳다고 생각했다. 그렇기 때문에 그를 친구로 받아들였고, 이처럼 아끼지 않는가.

"하지만 내가 원하는 건 그게 아니거든? 나는 말이지, 너 말고 그녀, 그녀와 공유할 수 있는 추억을 갖고 싶은 거야."

"쳇!"

"그런데 그녀는 그게 싫다는구나? 왜? 내가 술 취해서? 너보다 못생겨서?"

"그만 가자. 많이 취했다."

"시끄러!"

표양신이 류의 손을 거칠게 뿌리쳤다. 그리고 싸움이라도 거는 듯 노려보았다.

"말해봐, 도대체 너의 어디가 그렇게 맘에 든다는 거냐? 못생기고 멍청해서 맘에 든대? 그런 거야? 그녀의 취향이 독특한 거냐?"

류가 낯을 찌푸렸다. 표양신의 술주정 때문이 아니라 저쪽에서 자꾸만 이쪽을 힐끔거리는 두 사람에게 신경이 쓰였기 때문이다.

오십 줄에 들어 보이는 사내가 일어서더니 다가오기 시작했다.

류가 한사코 붙잡고 늘어지려는 표양신의 손을 뿌리치고 그자를 바라보았다.

표양신은 게슴츠레하게 풀린 눈을 끔벅거리며 쉬지 않고 주절댔다.

"우린 다만 살아 있는 동안 할 일을 하는 거야. 자꾸자꾸 추억을 만들어가는 거지. 그러다가 늙어서는 그걸 되짚어가. 그리고 죽는 게 인생 아니겠냐? 잘나고 못난 게 무슨 소용이야? 안 그래?"

다가온 소초운이 빙긋 웃었다.

"쳇, 제가 잘나면 얼마나 잘났다고 사람을 그렇게 무시해? 늙어 꼬부라져서도 지금처럼 도도할까? 그거 무지하게 궁금해지네."

"너는 두려워하는구나?"

류가 눈으로는 소초운을 보면서 입을 표양신의 귀에 대고 소곤거렸다.

류의 말이 뜻밖이었던 듯 표양신이 눈을 크게 떴다.

"응?"

"네 자신을 두려워하고 있어. 그래서 용기있게 그녀에게 다가가지 못하는 거지."

"……."

"두려움은 본능과도 같은 거다. 기억처럼 뼈와 피 깊숙이 숨어 있지. 그걸 떨쳐 낼 수 있다면 네게도 그녀는 아무것도 아닌 존재가 될 거다. 그렇게 해."

'이놈이?'

놀란 듯 표양신이 눈을 동그랗게 뜬 채 류를 바라보았다. 술에 완전히 취해 있어서 초점이 맞지 않는다.

"실례하오."

다가온 소초운이 가볍게 포권했다. 류가 표양신의 어깨를 눌러 앉히고 일어섰다.

"무슨 일입니까?"

"본의 아니게 두 분의 말씀을 엿듣게 되었는데, 우리 공자님께서 매우 감명을 받으신 모양입니다. 제가 잠시 청해도 실례가 되지 않으려는지요?"

점잖다. 악의가 있어 보이지 않는다.

류는 슬쩍 소초운의 어깨 너머로 상목기를 바라보았다. 그가 빙긋 웃으며 가볍게 포권한다.

잘생긴 미공자였다. 옷차림이며 태도에 귀티가 묻어난다.

내심 머리를 끄덕인 류가 소초운에게 말했다.

"말씀은 고맙습니다만 보다시피 제 친구가 이렇게 취해 있는 터라 어렵겠군요."

"그럼 친구 분은 제가 돌봐 드릴 테니 소협이 우리 공자님과 잠시 말벗이 되어주지 않겠소?"

"나는 별로 말을 잘 하지 못합니다. 매끄러운 수사를 쓸 줄도 모르지요."

"소협은 지존보의 무사지요?"

복장을 보고 알았으리라고 짐작한 류가 머리를 끄덕였다.

"그렇습니다."

"지존보의 무사라면 강호의 영웅 아닌 사람이 없지요. 가슴에 웅지를 품은 젊은 사람들이 어울리는데 매끄러운 말재주 따위가 어디 쓸 데가 있겠소?"

왠지 낯이 간지러워진다.

"공자님은 단지 젊은 강호의 영웅과 몇 잔의 술로 교분을 나누고 싶어하실 뿐이라오."

"대체 그는 누구입니까?"

"최명흑선 상목기."

"아!"

류가 감탄성을 터뜨리며 머리를 끄덕였다.

그의 이름은 요즘 강호에 두루 퍼져 있어서 어디를 가나 쉽게 들을 수 있었다.

강호에 나선 지 몇 년 되지 않았는데 벌써 그렇게 이름을 알릴 수 있다는 것만으로도 그의 성취가 남다르다는 걸 짐작할 수 있다.

류가 새로운 눈으로 그를 바라보았다.

자기 또래밖에 되어 보이지 않는 젊은 미청년이었다. 귀골에 도도한 기품이 배어 있으니 더욱 돋보인다.

호기심과 함께 묘한 경쟁심도 생겼다.

"그럽시다."

류가 벌떡 일어섰고, 그의 자리에는 소초운이 앉았다.

표양신은 이제 제 몸을 주체할 수 없는지, 식탁에 머리를 처박은 채 꼼짝하지 않았다.


천천히 다가오는 류의 마르고 단단한 몸을 보면서 상목기는 저도 모르게 긴장했다.

그에게서 느껴지는 기운의 날카로움이 칼끝처럼 가슴에 닿았던 것이다.

'과연 이놈이 그렇게 표독스럽단 말인가?'

그런 호기심이 그에게도 경쟁심을 불러일으켰다.

"류요."

류가 포권했다. 상목기도 일어나 포권하고 자리를 권했다.

"대명을 듣고 한 번 만나고 싶었는데 오늘 기어이 그렇게 되었군요. 영광이올시다."

상목기의 말에 류가 머리를 갸웃거렸다.

"나를 알고 있었다는 것 같구려?"

"그대의 이름과 생김이 이미 산동 땅에 알려지지 않은 곳이 없는데 나라고 어찌 모르겠소?"

"그래요?"

까맣게 모르고 있던 일이다.

류는 아마도 흑룡장과의 싸움 이후 세상에 제가 알려지게 된 모양이라고 짐작했다. 나쁠 건 없지만 좋을 것도 없다.

상목기가 술을 권하며 다시 말했다.

"독갈자 류라는 이름이 천하에 진동하기에 어떤 사람인가 궁금했는데 이렇게 만나고 보니 과연, 하는 감탄사가 절로 나오는군요."

"나 또한 상 형의 대명을 우레와 같이 들었는데 오늘 직접 보니 헛소문이 아니라는 걸 알겠소."

술잔 너머로 두 사람의 이글거리는 눈이 부딪쳤다. 서로에 대한 감탄과 경계, 그리고 적당한 호기심으로 떨어질 줄을 모른다.

'예사 놈이 아니군.'

류와 상목기는 동시에 그렇게 생각했다.

류는 상목기의 깊게 가라앉아 있는 눈에서 그의 기운을 느끼고 받아들였다.

　백천수호대의 천주이자 조작량의 제자인 옥기린(玉麒麟) 남궁선(南宮善)을 보았을 때 느꼈던 긴장감을 상목기에게서 다시 맛보게 되자 가슴이 뛰었다.

　'과연 얼마나 셀까?'

　그런 의문이 떠나지 않는다.

　서로의 눈길을 붙인 채 한 잔의 술을 천천히 마셨다.

　상목기가 불쑥 물었다.

　"형은 무엇 때문에 강호에 나왔소?"

　"그러는 상 형은?"

　"하하, 나는 세상에 이름을 날리고 영웅의 기상을 뽐내 보이려고 나왔지요."

　"그것뿐이오?"

　"그렇소. 자, 이제는 당신이 대답할 차례요."

　"나는 할 줄 아는 게 싸우는 기술뿐이라 그것으로 부귀공명을 잡으러 나왔소."

　"홍, 형은 솔직하지 못하구려?"

　"나뭇가지가 바람에 반응하듯 나 또한 상대의 마음에 따라 반응하지."

　"내가 솔직하지 못하다는 말이군요?"

　"내가 볼 때 상 형은 결코 하찮은 공명심 따위에 연연할 사람이 아니오."

“아니면?”

“가슴속에 큰 뜻을 품고 있겠지.”

“하하, 사람을 아는 건 사귄 세월과 상관없다고 하더니 그 말이 맞는가 보오. 한 번 척, 보았을 뿐인데 나를 그렇게 꿰뚫고 있으니 당신도 가슴에 그런 큰 뜻을 숨기고 있는 게 틀림없소.”

말의 뜻과는 달리 어투에 묘한 비웃음이 담겨 있었다.

보기와 다르게 눈치 빠르고 민감한 류가 그것을 느끼지 못할 리 없다. 하지만 내색하지 않았다.

다시 한 잔의 술을 건배한 상목기가 노려보듯 류를 바라보며 천천히 말했다.

“일전에 삼산평에서 홀로 강호의 마두 몇 명을 때려 죽여 크게 이름을 떨쳤다는데 사실이오?”

“그렇소.”

“그대의 손에 죽은 그들이 어떤 사람들인지 아시오?”

“모르오.”

“그렇군. 그저 죽이라고 하니 죽였을 뿐이군.”

“……?”

“야생의 개는 제 스스로 선택하지만 사람에게 길들여진 개는 주인의 선택을 따를 뿐이지.”

‘개?’

류가 눈살을 찌푸렸다. 상목기는 아랑곳하지 않는다. 유유히 제 말을 할 뿐이다.

"주인이 물라고 하면 그저 물 뿐, 제가 왜 그래야 하는지 모른다오. 당신은 그런 생각을 해보지 않았소?"

"뭣이?"

그의 지나친 비유에 류가 발끈했다. 하지만 상목기는 느긋한 웃음마저 띤 채 말을 계속했다.

"집 개는 편한 잠자리에서 배를 두드리며 야생의 개를 경멸하겠지. 하지만 야생의 개는 비록 배고파 허덕일망정 자존심을 지녔다오."

'이놈이?'

류의 눈길이 싸늘해졌다. 상목기는 짐짓 모른 척한다.

"어느 날 집 개는 살과 뼈가 분리되어 끓는 물속에 던져지겠지만, 야생의 개는 여전히 자유롭게 산과 들을 뛰어다니지."

"생긴 것과 달리 사내답지 못하군."

이번에는 상목기가 의아한 얼굴로 류를 바라보았다. 류가 입가의 비웃음을 숨기지 않고 말했다.

"사내라면 그렇게 비아냥거리지 않아."

"그럼?"

"제 감정을 솔직하게 말하는 거지. 나는 기분이 몹시 나쁘군. 그래서 더 이상 대작하고 싶은 마음이 없다. 이렇게 말이야."

　류가 술잔을 거칠게 내려놓고 일어섰다. 상목기가 빙긋 웃
었다.

　"또 만나게 될 거요."

　"그때는 사내답게 말하기를 바라겠소."

　미련없이 돌아섰고, 상목기는 히죽 웃으며 제 잔에 술을 채
웠다.

第七章
바다를 보다

第七章


'바다를 보겠다는 건 핑계였던가?

류와 단목향에게 그런 의문이 생겼다.

벌써 사흘째, 제남부중에 들어온 염가연은 도무지 움직일 생각이 없는 듯했던 것이다.

'남명유가(南明儒家)'라 불리는 대저택에서 꼼짝하지 않았다.

무료해서 하품이라도 나올 듯한 오후.

그녀가 가벼운 경장 차림으로 백화각의 문을 열고 나왔다.

여전히 문 앞에 돌덩이처럼 서 있던 류가 의아한 눈길을 던졌다.

"천불사에 가요."

그녀의 한마디에 곧 남명유가가 소란스러워졌다.

풀어놓았던 검을 차고 말을 끌어내며 호명하는 검기령의 검사들을 바라보던 그녀가 낯을 찌푸렸다.

"아무래도 둘이 가는 게 좋겠군요. 부처님이 놀라시겠어요."

"그건 안 됩니다!"

단목향이 즉시 그녀의 앞을 가로막고 소리쳤다.

"우리의 소임은 각주를 호위하는 것입니다. 저는 한시도 임무를 게을리 할 수 없어요."

"사실은 나를 감시해야 한다고 왜 솔직하게 말하지 못하나요?"

"그건……."

"어쨌든 좋아요. 하지만 조용한 산사에 이 많은 검수들이 몰려간다면 참배객들이 놀라 흩어질 테니 부처님도 좋아하지 않을 거예요."

"그래도 안 됩니다."

단목향은 단호했다. 물끄러미 그녀를 바라보던 염가연이 할 수 없다는 듯 말했다.

"그럼 영주와 두 명의 검사만 따르도록 하세요."


천불사(千佛寺)는 천불산(千佛山)에 있는 유서 깊은 고찰(古

刹)이다.

제남부 동남쪽에 돌산 하나가 우뚝 서 있는데, 수나라 때 산의 암벽에 많은 불상을 조각하고 천불사를 세웠기 때문에 산 이름이 천불산이 되었다.

그 천불산은 오랜 세월 제남부중 사람들의 보살핌과 사랑을 받았다. 때문에 여느 민둥산과는 달리 수목이 무성하고 꽃과 풀이 우거졌으며 사슴과 노루가 살았다.

높지 않은 산이지만 정상에 올라가면 제남부중이 한눈에 들어오고, 맑은 날은 멀리 황하가 보여 상쾌하다.

구불구불한 계단이 시작되는 산 입구는 언제나 참배객들로 붐볐다.

사시사철 사람들의 발길이 끊이지 않으니 천불산 아래에 상점과 여각이며 객잔들이 어우러져 마을을 이루게 된 건 자연스러운 일이었다.

염가연은 신기한 듯 이것저것 둘러보며 천천히 그 거리를 지났고, 사람들은 오히려 그녀를 신기하게 바라보았다.

모자와 망사로 얼굴을 가렸지만 절로 우러나는 기품과 거느리고 있는 호위들 때문이었다.

박달나무처럼 단단하고 질겨 보이는 모습의 류와 단아하면서도 고집스러워 보이는 단목향이 염가연의 앞과 뒤를 그림자처럼 따랐다.

그녀의 좌우에는 두 명의 청년 검사가 눈빛을 번쩍이며 사방을 감시한다.

그들의 복장을 보고 지존보의 무사라는 걸 안 강호의 무리들은 멀찍이 떨어져서 훔쳐보았고, 민간의 백성들은 호위무사들의 기세와 염가연의 신비함에 홀려 눈길을 떼지 못했다.

예불에 쓸 향 몇 자루와 지전을 산 염가연이 천천히 굽이진 계단을 따라 올라갔다.

크고 곧게 자란 나무가 빼곡하고, 그것들이 이룬 울창한 숲이 깊은 산중에 들어온 듯한 느낌을 갖게 해주는데, 산새들의 지저귐마저 더해지니 절로 속세를 잊게 된다.

굽이를 돌 때마다 만나는 바위에는 수나라 때에 새겼다는 불상이 이끼를 두르고 서 있었다.

도대체 몇 개의 불상이 있는 건지 헤아릴 수가 없이 많다.

조망이 좋은 곳마다 정자와 누각이 있으니, 천불산은 속세 한가운데 둥둥 떠 있는 선계(仙界)인 듯 운치가 있었다.

천천히 걸어 두어 식경쯤 돌계단을 따라 올라가자 그윽한 향 냄새가 바람에 실려왔다. 머리 위에 천불사가 있는 것이다.

시원한 바람이 기분 좋게 머리카락 몇 올을 흩치며 스쳐 갔다. 그 바람에 녹아 있는 독경 소리 또한 아득한 꿈을 꾸는 것처럼 몽롱하게 들린다.

몇 사람의 참배객들 속에 섞여 염가연은 불상 앞에 향을 사르고 절을 했다.

그녀가 엎드려 절하는 뒤에서 류는 물끄러미 높은 좌대 위에 앉아 있는 금불을 바라보았다.

부처님은 웃고 있었다.

그 아래에서 절하는 사람들은 그러나 웃지 않았다.

류는 그들의 모습에서 경건함보다는 간절한 소망을 보았다.

마음속에 바라는 바가 있어서 산사에 찾아온 사람들이니 제 부족함을 불덕(佛德)을 빌어 채우고자 하는 것이다.

염가연의 모습이 그중 가장 간절해 보였다.

참배를 마쳤건만 그녀는 불당을 떠나려 하지 않았다. 합장하고 선 채 수없이 머리를 조아린다.

류는 그녀가 대체 무엇을 저렇게 간절히 염원하는 건지 궁금하다가 안쓰러워졌다.

"부처님이 뭐라고 하십디까?"

한참 뒤에 불당을 나오는 그녀에게 넌지시 물어보았다.

"기다리라고 하시는군요."

"뭘?"

"바라고 원하는 모든 것을요."

"대체 당신이 그렇게 간절히 바라는 게 뭐요?"

"왜요?"

"궁금해서."

염가연이 소리없이 웃었다.

“부처님은 내 마음을 빌어서 말하고 남을 통해서 현신하시지요. 기다리라고 하셨으니 반드시 나한을 보내 내 소원을 들어주실 거예요.”

“쳇.”

부처니 신선이니 하는 걸 믿지 않고, 그것에 기대는 일 자체를 우습게 여길 뿐인 류였다. 그러니 염가연의 그런 모습이 측은하고 더러는 어리석어 보이기까지 했다.

“당신은 원하는 게 없나요?”

천천히 불당 뒤편의 뜰을 산책하던 그녀가 문득 물었다.

“원하는 게 없는 사람이 있겠소?”

“그럼 당신이 원하는 건 뭐지요?”

“…….”

“말하지 못하는 걸 보니 당신은 비밀을 가지고 있는 사람이군요.”

“당신도 말하지 않았소.”

“그래요. 내게도 비밀이 있답니다.”

“사람은 누구나 저마다의 비밀을 가지고 있게 마련이지.”

“내 비밀이 뭔지 궁금하지 않나요? 원한다면 말해줄 수도 있어요.”

“남의 비밀을 굳이 알고 싶지 않소.”

류는 일부러 무뚝뚝하게 말하고 화난 사람처럼 몇 걸음 앞서 걸었다.

그녀의 비밀을 듣고 나면 제 비밀도 말해주어야 할 텐데 그 럴 수 없기 때문이다.

"그렇지요. 사람은 누구나 제 비밀을 가지고 있지요. 그걸 털어놓고 말할 수 없기 때문에 슬픈 건지도 몰라요. 하긴, 그렇게 속 시원히 말해 버릴 수 있는 거라면 비밀이라고 할 수 도 없겠지만……."

"이제 그만 내려갑시다."

"아직 할 일이 남은 것 같은데요?"

"나에게 묻는 거요?"

"나보다는 당신에게 더 관심이 많은 것 같군요."

"무슨 소리요?"

어리둥절해서 그녀를 돌아본 류가 눈살을 찌푸렸다. 그녀의 뒤쪽, 석등 곁에 서 있는 한 사람을 본 것이다.

다가온 염가연이 자연스럽게 곁에 붙어 서며 속삭였다.

"산 아래의 상점 거리에서부터 줄곧 우리를 기웃거렸어요. 따라온 건 그전부터인지도 모르지요. 그는 나보다 당신에게 할 말이 있는 것 같군요."

류가 눈살을 찌푸렸다. 그녀가 느끼고 눈치 챈 걸 왜 자기는 몰랐을까, 하는 자책감이 들었다.

저쪽, 뚝 떨어진 연못가에서 이쪽을 힐끔거리며 서 있는 단목향이나 그녀 곁의 두 청년 검사는 아직도 눈치 채지 못하고 있었다.

그만큼 뒤따라온 자의 행동이 자연스러웠으며, 참배객들 속에 섞여서 조금의 수상한 티도 내지 않았기 때문이다.

지금도 연못이며 정원 여기저기에는 천불사를 구경하러 온 사람들이 삼삼오오 서성이고 있어서 더 그랬다.

“우리 용천동을 구경하러 가요.”

염가연이 류의 옷소매를 끌었다.

맑은 샘이 솟아 나오는 용천동(龍泉洞)은 북위 시대의 불상 조각이 있어서 유명하다.

그곳은 호젓한 구석, 울창한 숲을 헤치고 들어가야 하는 곳 이기에 인적이 드물었다.

염가연은 서늘한 굴 속으로 들어갔고, 류가 입구에 버티고 섰다.

천천히 다가오는 한 사람.

어젯밤 주루에서 만났던 자, 최명흑선 상목기였다.

그가 짐짓 류를 외면한 채 여기저기를 기웃거렸다.

아직 눈치 채지 못한 단목향은 두 명의 검사를 데리고 염가 연을 따라 굴 안으로 들어갔고, 비로소 상목기가 다가왔다.

“할 말이 있네.”

재빨리 속삭이고는 태연히 숲 속으로 걸어 들어간다.

잠시 주위를 둘러본 류는 아무도 자기를 눈여겨보는 사람 이 없다는 걸 확인하고 그의 뒤를 따라 숲으로 들어갔다.

“지존보로 돌아가시오.”

커다란 소나무 아래에서 기다리고 있던 상목기가 불쑥 말했다. 얼굴에 초조함이 서려 있었다.

"상 형이 이래라저래라 할 일이 아니오."

"당신이 모시고 있는 소저가 위태로워질 수 있소."

"응?"

"그녀를 노리는 무리가 은밀히 뒤따르고 있으니 일이 터지기 전에 지존보로 돌아가시오."

"누가 감히 지존보의 무사들을 뚫고 그녀를 노릴 수 있단 말이오?"

"그건 말할 수 없소. 하지만 당신은 내 말을 듣는 게 좋을 거외다."

"상 형이 굳이 여기까지 뒤따라와 그런 일을 말해주는 의도는 뭐요?"

"강호가 시끄러워지는 걸 원치 않으니까."

흑룡장의 일을 얘기하는 것이다. 류는 그래서 더욱 의아해졌다.

흑룡장의 교훈을 다들 알고 있을 텐데, 그럼에도 불구하고 염가연을 해치려는 자들이 있다는 게 믿을 수 없기도 하다.

류가 의심의 눈길로 바라보자 헛기침을 하고 난 상목기가 다시 말했다.

"당신들 오십 인의 검사는 그들을 막을 수 없을 것이오."

"나는 여전히 상 형의 속을 모르겠군."

“믿고 안 믿고는 형의 마음이오. 하지만 이제부터 일어날 모든 일에 대한 책임은 당신이 져야 할 거요. 그럼 이만.”

빠르게 말한 상목기가 서둘러 숲을 뚫고 더 깊은 곳으로 숨어버렸다.

행여 다른 사람의 눈에 띌까 봐 두려워하는 것도 같아서 더욱 수상하다.

사라지는 그의 뒷모습에서 류는 어떤 불길한 느낌을 받았다.

‘이건 그녀에게 직접 말해야겠군.’


“왜 쓸데없는 짓을 하나?”

소초운이 엄한 얼굴로 꾸짖듯 말했다. 상목기는 태연하다.

“내가 원하는 건 그녀가 아니기 때문이지요.”

“만약 이 일을 황 노선배가 안다면 자네를 가만두지 않을 걸세.”

“그가 가만히 있는다 해도 내가 그를 가만두지 않을 작정이니 상관없소.”

“끝까지 고집을 부릴 셈인가?”

“소 형님은 이쪽이오, 저쪽이오? 그걸 확실히 하세요.”

이제는 그를 쏘아보는 상목기의 눈빛이 날카로워졌다. 소초운이 빙긋 웃었다.

“나는 천명회의 사람일세. 죽는다 해도 그건 변함이 없지.”

“그렇다면 어째서 황 노괴의 편에 서 있는 거요?”

“잠시 그를 이용할 생각일 뿐, 그를 도울 마음은 없어.”

“노괴는 결국 지존보를 끌어내고 말 작정인데, 그렇게 되면 우리가 그들을 감당할 수 있으리라고 봅니까?”

“아직은 어렵겠지.”

“그렇다면 노괴의 음흉한 생각을 막아야 할 필요를 아시겠군요.”

“황 노괴는 바보가 아닐세. 강호의 온갖 풍상을 다 겪은 그가 그렇게 허술하게 일을 처리하겠나?”

“옥봉각주를 건드리는 일은 또 한 차례 흑룡장의 참극과 같은 화를 불러올 게 뻔한데, 굳이 그 일을 하겠다는 게 그래 생각이 있는 사람이 할 짓입니까?”

“나는 그 여우 같은 계집애가 싫어. 류라는 놈은 더욱 그렇지. 이 좋은 기회를 버리고 싶지 않다.”

소초운의 가슴속에 흑룡장주 강동산의 죽음에 대한 원한이 깊이 새겨져 있다는 걸 잘 아는 상목기였다. 그 또한 강동산에게 반드시 복수해 주겠다는 약속을 한 터라 소초운의 마음과 같았다.

하지만 그건 작은 일이고 회의 존립은 큰일이다. 복수는 개인적인 일로 선을 긋고 끝내야 한다.

“이 일은 제가 처리하겠습니다. 소 형님은 돌아가 회주님께 황 노괴의 변절을 고하는 일을 맡아주시기 바랍니다.”

“명령인가?”

“아직 본 회의 사람이라고 하셨으니 제 부탁을 들어주시겠지요?”

“강호에서의 활동을 자네가 책임지고 있으니 이 형은 명을 따를 수밖에 없지.”

소초운이 씁쓸하게 웃었다. 그럴수록 상목기의 낯빛은 더욱 엄숙해졌다.

“시급한 일이라는 걸 염두에 두셨으면 좋겠습니다.”

“자네는?”

“비명에 돌아가신 강 형님의 복수를 해야지요. 제 힘으로 합니다.”

“믿겠네. 부디 보중하게.”

소초운이 포권하고 미련없이 돌아섰다.

몇 걸음 걷던 그가 멈추고 돌아보았다.

“다시는 서쪽 골목에 얼씬거리지 말게.”

천목일괴 황문걸과 곽빙호의 패거리를 염두에 두고 하는 말이었다.

상목기가 굳은 얼굴을 끄덕였다.

한때 막중한 명성을 얻고 대협으로 불렸던 천목일괴 황문걸의 변심이 그의 마음을 아프게 했다.

‘한 사람의 힘이 아쉬운 때인데 오히려 분열하게 되었으니 하늘은 아직도 지존보의 편이란 말인가?

그런 한탄이 절로 나왔다.

"그리고 또 한 가지."

"……?"

"그들은 류라는 놈을 알지 못해."

소초운이 빙긋 웃어 보이고 손을 흔들었다. 상목기도 흰 이를 드러내고 마주 웃었다.

류.

상목기는 물론 소초운도 황문걸에게 그에 대한 이야기는 해주지 않았던 것이다.

*　　*　　*

"돌아가자고요?"

염가연이 찻잔을 멈추고 놀라서 물었다.

"정체를 알 수 없는 자들이 각주를 노린다고 하오."

"왜?"

"그거야 내가 알겠소?"

류의 눈길을 슬며시 피한 그녀가 문 앞에 우뚝 서 있는 단목향에게 물었다.

"단 영주의 생각은 어떤가요?"

"감히 지존보의 위엄에 도전하는 자들이 있으리라고는 믿기 어렵군요."

“내 생각도 그래요.”

염가연이 다시 류를 바라보았다.

“누구에게서 그런 말을 들었나요?”

“그건⋯⋯ 잘 모르는 자요.”

“풋!”

염가연이 기어이 웃음을 터뜨렸다.

“잘 알지도 못하는 자가 던진 한마디 때문에 나와 백천수 호대의 검사들이 꽁지가 빠져라고 지존보로 달아나야 한단 말인가요?”

“⋯⋯.”

“그거야말로 지존보의 위명을 땅에 떨어뜨리는 짓이에요. 나는 돌아가지 않겠어요.”

“끄응—”

류는 더 할 말이 없었다. 하긴, 제가 염가연의 입장이 되었더라도 그런 결정을 내렸을 것이라고 생각했다.

하지만 그의 마음속 깊은 곳에서는 여전히 불길한 느낌이 스멀거리고 있었다.

그 느낌 때문이라고 말한다면 염가연과 단목향이 더욱 비웃을 것이다.

“좋소, 간다면 가는 거지.”

류가 벌컥 화를 내고 일어섰다.

그를 따라 밖으로 나온 단목향이 류를 구석진 곳의 어둠 속으로 끌고 갔다.

"말해봐, 누구에게서 무슨 소리를 들은 거지?"

"알 것 없어."

"좋아, 하지만 이것만은 명심해 두는 게 좋을 거야."

"……?"

"각주와 내 생각은 똑같아."

"언제 밀담이라도 나눴단 말이야?"

"그런 게 아니지만 느낌이라는 게 있지. 여자의 육감은 때로 대낮보다 확실한 거야."

"그래서?"

주위를 둘러본 단목향이 음성을 낮추었다.

"각주는 제 몸을 던져서라도 지존보에 혼란이 오기를 바라고 있어."

"그래서 바다에 가겠다고 했단 말이냐?"

"미끼를 던진 거지."

"누구에게? 왜?"

"쥐새끼처럼 숨죽이고 있는 마도의 무리겠지."

"그래서 뭘 얻겠다는 거야?"

류는 단목향의 말을 이해할 수 없었다.

'이건 여자의 육감이라는 것보다 질투라고 해야 하지 않을까?'

그런 엉뚱한 생각마저 든다.

단목향이 정색을 했다.

"각주의 속을 내가 어떻게 알겠어? 하지만 나에게는 얻을 게 있지."

"……?"

"복수."

"복수라고?"

류는 더욱 어리둥절해졌다. 그러나 어느덧 표독하게 변한 단목향의 그늘진 얼굴을 보니 거짓은 아닌 것 같았다. 그래서 더욱 혼란스럽다.

"너에게 충고를 해주려고 위험을 무릅쓰고 이 말을 꺼낸 거야."

"……."

"그녀에게서 멀어져. 그녀에게 말려들면 쥐도 새도 모르게 죽어. 내 말 명심해."

류는 문득 '개미지옥'을 떠올렸다. 두 번째다.

떠나려는 그녀의 손목을 거칠게 잡아챈 그가 역시 낮은 음성으로 물었다.

"말해봐."

하지만 단목향은 입을 굳게 다물었다. 머리를 가로저을 뿐이다.

"말하지 않으면 그녀에게 직접 물어보겠다."

"바보."

단목향의 얼굴이 새파랗게 질렸다. 급히 주위를 두리번거린 그녀가 더욱 음성을 낮춘다.

"스스로 죽을 구덩이를 파고 싶다면 그렇게 해."

그녀가 류의 손을 털듯이 떨치고 빠른 걸음으로 사라졌다.

'무언가 비밀이 있다.'

하지만 그게 무엇인지 알 수 없다는 게 답답했다.

사람들이 모두 무림의 하늘이라고 우러러보는 지존보에 처음 발을 디뎠을 때 받았던 그 느낌.

음침하고 불길하다고 느껴졌던 그 느낌이 다시 살아나는 것이어서 가슴이 뛰었다.

'대체 왜? 무엇 때문에?' 하는 의문이 떠나지 않는다.


염가연은 다음날 비로소 남명유가를 떠났다.

여전히 류와 말 머리를 나란히 했고, 단목향은 그녀의 수하들과 함께 멀찍이 떨어져서 따르는 묘한 행렬이었다.

아무 일도 일어나지 않았다. 하지만 류는 기다리고 있었다. 상목기가 괜한 말을 하기 위해 그렇게 접근해 왔을 리는 없기 때문이다.

그러자 또 다른 의문이 생겼다.

'그가 왜? 무엇 때문에?'

류는 점점 골이 지끈거렸다. 이런 건 익숙하지 않았고, 자신에게 맞지도 않다는 걸 잘 알았지만 상황은 어쩔 수 없이 그렇게 흘러가고 있었다.

"세상이라는 건 말이야."

그가 불쑥 말했으므로 묵묵히 앞만 바라보고 있던 염가연이 의아한 눈길을 보내왔다.

"정말 복잡해. 사람이라는 게 원래 복잡한 존재이기 때문일까?"

"원하는 게 없는 사람은 복잡하지 않을 거예요."

"그런 사람이 있을까? 이 빌어먹을 세상은 어떻게 하든 사람에게 무언가를 끊임없이 원하도록 하고 있잖아."

"적어도 한 가지는 원하지 않을 수 있지요."

"그게 뭔데?"

"복수."

"……!"

무심코 말을 꺼냈던 류는 흠칫 놀랐다. 그녀는 슬픈 얼굴을 하고 있었다. 눈빛에 공허함이 가득하다.

멍하니 허공을 바라보던 그녀가 잠긴 듯한 음성으로 제 말을 계속했다.

"복수심을 버린 사람은 세상에 많은 걸 원치 않을 거예요. 그러면 그만큼 행복이 커지겠지요."

"복수심을 버린다고?"

"자기 자신을 잊어버리면 그뿐일 텐데 그게 그렇게 어려운 걸까요?"

류가 머리를 흔들었다.

"그런 사람이 있을까? 사람은 누구나 크든 작든 저만의 복수심을 가지고 살아가지 않을까?"

이번에는 염가연이 입을 다물었다. 류의 음성에 열기가 실린다.

"나를 무시한 놈에게 보란 듯이 성공해 보이고 싶은 마음. 나에게 관심없는 놈이 후회하도록 아름다워지려고 하는 마음……."

"……."

"나보다 멍청한 놈이 나보다 많은 돈을 가진 데 대한 질투와 경쟁심 등등, 성취욕이라고 하는 모든 것들은 사실 따지고 보면 어떤 대상에 대한 복수심이겠지."

묵묵히 류의 말을 듣고 있는 동안 염가연의 공허하던 눈 깊은 곳에서 작은 불씨가 살아났다.

그녀가 입술을 깨물고 말했다.

"그럴지도 몰라요. 복수라는 말에는 누군가에게서 그가 가지고 있는 것을 빼앗고야 말겠다는 그런 뜻이 있으니까요."

"바로 그거야."

"목숨을 빼앗거나 희망을 빼앗아서 그자를 절망 속에 처넣어야 비로소 뜻을 이루었다고 하는 것. 그게 복수라는 말이 가지고 있는 의미라면 그 말은 너무 무섭지 않은가요?"

제 물음에 스스로 답하듯 곧 머리를 가로저었다.

“아니, 그 말은 무서운 만큼 통쾌한 말이기도 하겠군요.”

처음에는 허무한 마음이 되어서 복수심의 포기를 말하는 듯하더니 이제는 류의 말에 동화되기라도 한 듯 복수를 말하고 있었다.

그리고 그 말을 하는 염가연의 어조에서 다른 어떤 말들보다 강한 집념과 열정이 느껴진다.

류는 가슴이 뜨끔했다. 도대체 이 아름답고 고결한 여인의 가슴에 무슨 한이 그처럼 깊고 크단 말인가? 하는 의문이 또 일었다.

류는 비로소 염가연의 눈 속 깊은 곳에 감추어져 있는 불길을 보았다. 활활 타오르고 있다.

“사람이라는 존재는 원래 복수심을 양식으로 삼아 살아가는 존재인지도 몰라요. 늘 경쟁하고, 늘 빼앗아야 만족하는 존재니까요.”

“그렇다면 당신에게도 그런 복수심이 있다는 말인데?”

“있지요.”

“내가 알 수 있을까?”

“아직은 말할 수 없어요.”

류는 그녀와 말을 하면 할수록 제 가슴이 더욱 답답해지는 걸 느꼈다. 알 수 없는 그녀의 집념이 자신의 집념에 더해지기 때문이다.

그녀가 말할 수 없다고 했듯이 류 자신도 그녀에게 해줄 말이 없었다.

그녀의 입에서 들은 '복수'라는 말이 류의 가슴을 견딜 수 없이 무겁게 했다.

"이럇!"

그가 신경질적으로 말 배를 박찼다. 놀란 말이 크게 울부짖고 쏜살같이 튀어나갔다. 그 뒤를 염가연이 역시 미친 듯 따랐다.

억새꽃이 하얗게 부서지는 두 개의 언덕을 단숨에 뛰어넘자 눈앞에 새파랗게 일렁이는 거대한 바다가 보였다. 드디어 온 것이다.

해가 그 너머에서 떠오르고 지는 곳.

막막한 저 많은 물들.

언제나 살아서 꿈틀거리는 생명.

보이는 것보다 보이지 않는 곳에 감추어진 이야기들이 더 많은 곳.

그 바다 앞에서 염가연은 넋을 잃어버렸다.

"처음 봐요."

한참 만에야 그녀가 겨우 그렇게 말했다.

"나는 저 위에서 살았지. 무려 십 년이었어."

바다에 눈을 고정시킨 류의 꿈꾸는 듯한 말에 염가연이 눈을 크게 떴다.

"저 위에서 살았다고요? 십 년씩이나?"

“작은 섬이었지. 바닷물에 쓸려 잠겨 버리지 않는 게 신기할 정도로 말이야. 거기서 살았다. 눈을 떠서 감을 때까지 보이는 건 오직 저 바다뿐이었어. 들리는 건 바위를 때리는 파도 소리였지. 별들이 쏟아질 것처럼 맑은 밤에는 때로 바다가 우는 소리도 들렸어.”

“어떤 소리였나요?”

“이 세상의 소리가 아니었지. 저 깊은 어디에선가 거대한 슬픔의 덩어리가 이를 악물고 흐느끼는 것 같은 그런 것이었는데, 얼마나 무겁고 절절한지 세상이 모두 그 소리에 흔들리는 것 같았지.”

염가연이 류의 팔에 매달렸다. 그의 어깨에 머리를 기댄다. 그리고 꿈꾸듯 중얼거렸다.

“들어보고 싶어요.”

“그런 바다의 울음소리를 듣고 나면 큰 폭풍이 몰아쳐 와. 파도가 미칠 듯이 뛰어올라 섬을 넘어 다니고 하늘이 온통 무너져 버리는 것 같은 그런 폭풍이야. 산처럼 일어서서 밀려오는 파도를 마주 보고 있으면 진정한 두려움이 무엇인지 알게 돼.”

“보고 싶어요. 나도 바다의 그런 슬픔과 분노를 보고 싶어요.”

“후회하게 될 거야.”

“절대로.”

염가연이 사탕을 조르는 아이처럼 류의 팔을 흔들었다. 그녀의 체중을 온몸으로 느끼며 류는 천천히 언덕을 내려가 젖어 있는 모래 위에 발자국을 찍었다.

작은 게들이 놀라 쏜살같이 흩어지는 걸 보며 염가연은 발을 동동 굴렀다. 비리고 차가운 바람에 새파래진 볼을 한 채 기쁨으로 소리친다.

"저것 봐요, 저것. 저게 바다예요! 세상에, 세상에, 어떻게 이런 게 있을 수 있을까? 왜 여태까지 나는 이런 걸 보지 못했을까? 당신은 나빠요. 혼자서만 이런 걸 보며 살았다니!"

놀람과 기쁨의 흥분 때문에 그녀는 자신의 감정을 드러내 보이고 말았다.

언덕 위에서 지켜보고 있는 단목향의 귀에까지 들렸을 만큼 크고 맑은 고함 소리였다.

# 第八章

## 꿈꾸는 사람들

第八章

“사라졌습니다.”

그 한마디의 보고 속에 담겨 있는 건 크고 무서운 예감이다.

조작량의 눈살이 파르르 잔경련을 일으켰다.

“제남부에 심어두었던 밀천의 채반자들이 한날한시에 모두 사라졌단 말이냐?”

“그렇습니다.”

보고하고 있는 병제갈(病諸葛) 가운악(可雲岳)의 허약해 보이는 어깨도 가늘게 떨렸다.

그는 십 년 전부터 밀천유운대를 맡아 지휘하고 있는 제일

천주다. 무공을 알지 못하는 문사이지만 그의 두뇌와 능력을 높이 산 조작량이 제일천을 그에게 맡긴 것이었다.

그런 그도 지금 의외의 사태 앞에서 당황하고 있다는 게 조작량을 더욱 심난하게 했다.

침묵하던 그가 불쑥 물었다.

"옥봉각주는?"

"아직 아무런 연락이 없습니다."

제남부의 채반자들이 모두 사라졌다니 지난 이틀 동안 그녀의 동태를 보고할 자들이 없었으리라. 그녀의 행적은 허공에 떠버린 것이다.

가운악이 머리를 조아리고 물러났지만 조작량은 바라보지도 않았다. 깊이 침묵하는 중에 제 생각에 골몰해 있을 뿐이다.

한참 만에야 그가 결연한 얼굴을 들고 말했다.

"삼천의 천주를 불러라."

"존명."

기둥 뒤에서 복명하는 소리가 들리고 발소리가 멀어졌다.

"기회인가? 도전인가? 아니면 위기인가?"

조작량의 낮은 중얼거림이 허공에 웅웅 울리며 떠돌았다.


다시 출동이다.

하지만 삼천의 천주인 패도전왕 섭철곤은 나가지 않는다.

그는 느긋한 얼굴로 바삐 움직이는 자신의 전사들을 바라보기만 했다.

일백 명의 전사가 염가연을 찾아 떠날 것이다. 그들을 통솔하는 자는 섭철곤의 부장인 곽기(郭機)였다.

갑주와 장검으로 무장한 그가 투구를 벗어 들고 군례를 올렸다.

섭철곤은 여전히 여유있다. 짙은 수염을 쓰다듬으며 빙긋 웃었다.

"그냥 바닷바람이나 쐬고 와. 긴장할 것 없다."

"예?"

곽기가 의아해서 바라보지만, 전왕 섭철곤의 표정에는 변화가 없었다.

"그놈이 호위로 붙어 있다면서?"

류를 말하는 것이다.

"그럼 뭐 별일 없을 거야. 그냥 가서 확인하고 함께 돌아오면 된다. 이까짓 일로 이런 소란을 떤다는 게 우스운 거지. 쩝."

류에 대한 깊은 믿음이 온몸으로 느껴지는 것이어서 곽기도 따라서 빙긋 웃었다.

섭철곤과 마찬가지로 그는 류의 능력을 잘 아는 사람이다. 그가 염가연 곁에 붙어 있는 한 그녀를 위태롭게 할 자는 아무도 없다고 믿는다.

하지만 보주의 명이니 가야 한다.

섭철곤은 확실히 대형이 요즘 들어 심약해졌다고 생각했다. 이만한 일로 화천비룡대의 일백 전사를 내려 보낼 만큼 걱정이 많아진 것이다.

'대형도 늙은 거야.'

패기와 열정으로 강호를 질타하던 그의 모습이 아련했다.

그때의 젊은 사자 같던 조작량도 육십을 바라보는 나이가 되자 근심이 많아진 것이리라.

"출발해."

섭철곤이 귀찮다는 듯 손을 내저었다. 마음속에 대형처럼 자신도 늙어가고 있다는 서글픔과 짜증이 가득해진 것이다.

"출발!"

백인장 곽기의 군호에 깃발을 펄럭이며 일백 명의 기마 무사가 말과 한 덩어리가 되어 달려나갔다.

두두두두—

말발굽 소리에 와호산(臥虎山)이 흔들리고, 그들의 함성이 우레처럼 하늘에 가득해졌다.

*       *       *

"말해봐."

얼음을 깎아 만든 비수처럼 차가운 음성, 그리고 그것보다 더 차가운 눈이다.

사내는 그래서 얼어붙어 버렸다. 그러니 더욱 입이 떨어지지 않는다.

"눈을 파."

억양이 없다.

제 왼쪽 눈을 향해 천천히 다가오고 있는 날카로운 비수를 보면서 사내는 사시나무 떨듯 떨었다. 하지만 여전히 입이 열리지 않는다.

푹.

거침없이 파고드는 차가운 칼끝. 비로소 불같은 고통이 머릿속을 치닫는다.

"으아악!"

사내의 입에서 놀라울 만큼 커다란 비명이 갑자기 터져 나왔다.

세상이 온통 암흑 속으로 내던져지고, 기억하고 있던 모든 삶이 어둠에 묻혀 버렸다.

그리고 참을 수 없는 두려움. 고통 따위는 아무것도 아니다.

다음을 생각하고 상상하는 두려움이 사내를 더욱 미치게 했다.

"자, 이제 말할 수 있겠지?"

하지만 사내는 다시 입이 얼어붙어 버렸다.

쾽하게 뚫려 버린 동공으로 검은 피가 줄줄 흘러내려 가슴을 적신다.

사내는 그게 뽑혀 버린 제 눈에서 흘러내리는 것이라고 믿어지지 않았다.

"파."

얼음덩이의 무심한 음성.

다시 칼끝이 다가오고, 서걱, 하는 울림이 사내의 머릿속을 가득 채웠다.

"끄아악!"

발악하듯 터져 나오는 비명과 함께 사내가 툭, 머리를 떨어뜨렸다.

"이런, 이런."

얼음덩이가 잔뜩 눈살을 찌푸렸다. 급히 사내의 턱을 받쳐 올리는 손이 피로 물든다.

잘려진 사내의 혀가 입술에 걸려 있었다. 나머지는 목 안 깊숙이 말려 들어가 기도를 틀어막아 버렸다.

사내가 꺽꺽거리는 고통스런 숨을 몇 차례 쉬더니 온몸을 축 늘어뜨린다.

"지독한 놈이로군. 나는 이런 놈들이 정말 좋아. 사내답잖아. 안 그래?"

얼음덩이. 그래서 빙혼(氷魂)이라고 불리는 중년의 깡마른 사내.

그가 빙긋 웃으며 숨이 끊어진 사내의 옷자락에 손을 문질렀다.

"자, 다음은 어느 놈과 놀아볼까?"

바깥의 소음이 조금도 들리지 않는 지하 밀실 안에는 세 명의 사내가 포박당한 채 꿇어앉아 있었다.

빙혼을 바라보는 눈이 공포로 일그러진 채 두 볼을, 온몸을 부들부들 떨고 있다.

제남부 서문로를 주름잡는다는 무뢰배들이었다.

벌써 모진 고문을 한차례 당하고 난 뒤인 듯 온몸이 피와 땀으로 후줄근하게 젖어 있었고, 입에 말라붙어 버린 거품 자국이 허옇게 남아 있다.

빙혼이 발끝으로 한 놈의 턱을 치켜들었다. 쥐눈에 하관이 빠져서 말상을 하고 있는 그놈은 감히 빙혼의 눈을 마주 보지 못했다.

"끌어내."

그 즉시 두 명의 차갑고 단단한 사내가 달려들어 놈을 일으켰다. 천장에 늘어진 쇠줄에 붙들어맨다.

서문로의 무뢰배들 중에서도 독종으로 제법 알려진 구문동은 이를 악물었다. 제 몸에 가해질 고통이 어떤 것일지 짐작되기에 더욱 두렵다.

"네 창자를 네 눈으로 본 적이 없겠지?"

나무 의자에 걸터앉은 빙혼이 외로 꼰 다리를 까닥거리며 무심하게 말했다.

"어떻게 생겼는지 매우 궁금할 거야."

턱을 끄덕인다.

단단한 사내 한 놈이 거칠게 구문동의 상의를 찢어버렸다.

피딱지가 말라붙어 있는 맨몸이 드러났다. 지나친 긴장으로 살이 푸들푸들 떨린다.

"보여줘라."

사내가 조금 전 왕무의 두 눈알을 파냈던 비수를 들고 앞에 섰다.

빙혼처럼 차갑고 감정없는 눈길이 비수보다 먼저 구문동의 머릿속으로 파고들었다.

구문동은 이를 악물고 눈을 감아버렸다.

"말해봐."

빙혼은 오직 그 말을 할 뿐이다.

구문동이 눈을 떴다. 눈꺼풀을 파르르 떨더니 똑바로 빙혼을 노려본다.

그는 사십대의 깡마른 사내였다. 뱀처럼 번들거리는 검은 눈이 인상적이다.

삼각형의 턱에 드문드문 수염이 자라 있고, 광대뼈가 두드러져서 더욱 차가워 보인다.

지존보의 제일천이라는 밀천유운대의 밀자(密者).

그가 제 얼굴을 고스란히 드러내고 있다는 건 곧 누구도 이곳에서 살아 나가지 못한다는 것이다.

구문동은 그것을 잘 알았다.

"어서 죽여."

구문동이 이를 악물고 말했다. 그로서는 믿지 못할 용기를 낸 것이다. 빙혼이 씩, 웃는다. 그리고 머리를 갸웃거렸다.

"한마디만 하면 곱게 죽는다. 양지바른 곳에 무덤도 만들어주지."

구문동이 다시 입을 꽉 다물었다. 무심한 빙혼의 말이 석실 안에 웅웅 울렸다.

"어떻게 된 일인지 너희들은 알 텐데? 서문로의 골목에서 일어난 일을 너희가 모를 리 없잖아. 안 그래?"

"……."

"좋아. 지조있는 놈이로군."

구문동의 입에서 천천히 흘러내리는 붉은 피를 보면서 빙혼이 이죽거렸다.

"이건 참 곤란하단 말이야. 말을 들어야 하니 아가리를 틀어막을 수는 없는 일이고, 그냥 놔두면 제 혀를 깨물어 버리고……. 이런 놈들은 또 처음이군. 재미있어."

구문동의 원한과 독기로 번들거리는 눈이 빙혼의 눈에 꽂혀 있다. 그리고 천천히 빛을 잃어가더니 툭, 머리를 떨어뜨렸다. 온몸이 젖은 빨래처럼 늘어진다.

빙혼이 무심결인 듯 슬쩍 돌아본 곳.

남아 있던 두 놈의 입에서도 선혈이 천천히 흘러내리고 있었다.

풀썩, 풀썩, 모로 쓰러져 몇 번 꿈틀거리더니 이내 잠잠해졌다.

"쯧, 보았다. 아니면 못 보았다. 그 말 한마디를 하는 게 그렇게 힘든가?"

빙혼의 말투에 처음으로 감정이 실렸다. 참을 수 없는 짜증이었다.

이래서는 서문로의 골목에서 밀천유운대가 심어놓은 제남부의 채반자들이 왜, 어떻게 갑자기 사라졌는지 알아낼 수가 없다.

누가 했는지는 더더욱 알 수 없다.

"곽빙호라고 했지?"

빙혼이 무심하게 말했고, 그를 돕던 두 명의 단단한 사내가 머리를 끄덕였다. 벙어리들이다.

"좋아, 더 이상 고문은 없다."

"……?"

"모두 죽여 버려."

제남부중에는 밀천유운대의 흑살수 일 개 조 열 명이 빙혼을 따라와 있었다.

그들이 모두 쏟아져 나가면 서문로는 이 밤이 지나기 전에 깨끗하게 청소될 것이다.

하지만 그런 빙혼의 기대는 새벽이 오기 전에 무참히 깨지고 말았다.

"한 놈도 남아 있지 않습니다."

서문로를 샅샅이 뒤지고 돌아온 조장이 그렇게 보고했을 때 빙혼은 뒤통수를 맞은 듯했다.

"그럼 정말 그놈들 짓이었단 말인가? 곽빙호가?"

그저 뒷골목에 기생하는 무뢰배로 알았던 게 자신의 최대 실수였다는 후회가 밀려들었다.

조그만 단서라도 캐볼 생각에서 그놈들을 지목하고 조졌던 건데, 곽빙호가 이번 일에 깊이 관여해 있었다는 직감이 온다.

"그놈은 오래전부터 이 일을 계획하고 있었군."

지그시 어금니를 악무는 빙혼의 눈빛이 더욱 싸늘해졌다.

서문로에서의 채반자 증발 사건을 책임진 자.

빙혼은 허탈해졌다. 모처럼 임무를 부여받고 보에서 나왔는데 빈손으로 돌아가게 생겼으니 그렇다.

가서 뭐라고 보고한단 말인가. 앞날에 대한 걱정이 커졌다.

*　　　*　　　*

노을이 탄다.

하늘과 땅과 바다를 붉게 태우고 내 가슴마저 남김없이 태워 버리는 노을의 강렬함.

젖은 모래 언덕에 앉아서 염가연은 넋을 잃고 그것을 바라보았다.

해풍에 축축해진 머리카락이 이리저리 흩날려 얼굴을 가리고 뺨을 간지럽게 하지만 손 끝 하나 움직이기 싫다.

"자유야."

그녀가 중얼거렸다.

제 어깨에 기댄 그녀의 따뜻한 체온을 느끼고 취해 있던 류가 몽롱해진 눈으로 그녀를 바라보았다.

그녀의 빛나는 눈이 턱 아래에 있다. 꿈을 꾸듯 말한다.

"바다의 정체가 뭔지 이제 알았어. 그건 자유야."

류는 그녀의 말을 가만히 따라 해보았다.

"자유……."

"그래, 자유야. 저 무한한 자유, 저 무한한 너그러움, 그리고 저 무한한 적막."

그녀의 말속에서 류는 불쑥 수아를 떠올렸다. 우성촌의 얼굴 까만 그 소녀.

바다 앞에서는 그녀도 곧잘 감상에 젖었다. 지금 염가연처럼 모호해진 음성으로 중얼거리곤 하지 않았던가. 천국에서는 모두 바다만 얘기한다고.

류가 젖어드는 음성으로 천천히 말했다. 머리를 숙여 뺨을 맞대고 염가연의 귓전에 속삭인다.

"네 말이 맞아. 바다는 자유지. 그래서 사람들은 정신없이 그걸 동경하는 거야."

"자유……."

염가연의 눈이 류의 눈 속으로 파고들었다.

이제는 류의 눈도 몽롱해졌다. 저 먼바다와, 그 너머에서 점점 더 짙게 타오르는 불길과 어둠을 모두 담아두고 있다.

그리고 꿈을 꾸듯 속삭였다.

"천국에는 주제가 하나야."

"말해줘."

"바다지."

"바다……."

"천국에서 사람들은 모두 바다만 얘기해. 노을이 질 때 이글거리는 불덩어리가 바다로 녹아드는 모습을 보지 못한 사람들은 슬퍼지지."

"그럼 이제 나는 천국에 가도 슬퍼지지 않겠네?"

"사람들이 네 곁에 모여들 거야. 네가 본 바다를 얘기해 달라고 할 거야."

염가연이 더욱 류의 뺨에 제 뺨을 맞대었다. 눈물이 뺨을 적시더니 류의 뺨으로 옮겨온다.

그녀가 향기로운 입김을 불어내며 감동으로 속삭였다.

"그럼 나는 오늘 본 이 바다를 얘기해 줄 거야. 너와 함께

보았기 때문에 더욱 황홀했다고 할 거야.”

그녀의 어깨를 감싸고 있는 류의 팔에 힘이 들어갔다. 염가연이 작은 강아지처럼 류의 가슴속으로 파고들었다.

노을빛이 흐려지고 검은 어둠이 조금씩 가깝게 다가왔다.

바다는 이제 어둠을 닮아가고 있었다.

그 너머에서 별들이 하나둘 떠올랐다.

이내 셀 수 없을 만큼 많이, 갑작스럽게 솟아올라 하늘을 뒤덮는다.


“술!”

단목향이 또 손을 내민다.

말없이 건네주는 청년의 술병을 잡는 손끝이 가늘게 떨렸다.

꿀꺽, 꿀꺽―

“후아―”

그가 미친 듯 마셔대고 거친 숨을 내뿜는다. 흘러내려 턱을 적시는 그것을 손등으로 훔쳤다.

활활 타오르는 모닥불의 열기에 온몸이 익는 것 같다.

“후아―”

허공에 뿜어지는 허연 입김에 짙은 술 향기가 배어 있다.

“미친놈, 나쁜 놈, 죽일 놈, 멍청이.”

중얼거리는 말의 발음이 꼬였다.

그녀는 저 아래, 어둠 속에 웅크린 바위처럼 꼼짝하지 않고 앉아 있는 두 사람을 노려보았다.

충혈된 눈이 확확 이는 불길을 담고 뜨거워진다.

"요물."

빠드득, 이를 갈더니 다시 술병을 입에 처박았다.

무엇 때문인지 모른다. 이 억울한 감정과 쓸쓸함의 정체를 알 수 없다는 것. 그것이 단목향을 더욱 미치게 했다.

콸콸콸 흘러드는 독한 술에 목이, 가슴이 타 들어가지만 그녀는 쉬지 않고 술을 부어 넣었다.

온몸의 혈관이 피 대신 술로 가득 채워지면 그때에야 비로소 멈출 것 같다.

"죽어버려. 차라리 뒈져 버리길 바랄게. 흔적마저 없어져서 저승에도 들어가지 못하고 허공을 떠도는 원귀나 되어버려."

울음처럼 쏟아져 나오는 증오. 그 독한 술 향기.

쨍그랑!

그녀가 술병을 모닥불 속에 던져 깨뜨렸다. 새파란 불길이 화르르 살아나 어지럽게 넘실거린다.

지금 이 순간, 그 불길은 류와 단목향의 가슴을 그렇게 태워 버리고 있었다. 그래서 그들은 제 마음 깊은 곳에 숨겨두고 있던 한 가지 소중한 무엇을 잊었다.

류의 가슴속에서 사부와 사형, 사저의 존재가 사라졌듯, 단목향의 가슴속에서는 대사형 정취경의 존재가 희미해져 가고 있었던 것이다.

그 잠시의 망각이 무엇을 의미하는 건지 그들은 알지 못했다.

알지 못한 채 한 사람은 몽롱한 꿈에 취해 있고, 한 여인은 모닥불보다 더 활활 타오르는 질투의 불길에 스스로를 태우고 있었다.


뺨에 닿았다가 살짝 입술 위에 얹히고 떨어지는 그녀의 입술. 밤 바닷바람에 젖어 서늘하다.

달아나려는 고양이를 붙잡듯, 류가 거칠게 그녀를 끌어당겼다. 와락 입술을 찍어 누른다.

거친 숨결이 오갔다. 망설이던 염가연이 팔을 둘러 류의 목을 끌어안았고, 두 사람의 뜨거운 혀가 얽혔다.

'자유……'

염가연은 그 말을 생각했다. '바다' 라는 말도 떠올린다.

강하게 자신을 얽어매고 있는 류의 혀가 그와 같다고 생각한다. 그래서 점점 몽롱해져 갔다.

어둠이 장막처럼 그들을 가리고 감추었다. 철썩이는 파도와 저 멀리에서부터 밀려오는 찬바람 소리.

"그 말을 기억하고 있지?"

염가연이 숨을 헐떡이며 물었다. 아직도 그녀의 두 팔은 류의 목을 감싸고 있다. 턱 아래에서 헐떡이는 달콤한 숨결.

"대답해 줘. 기억하고 있지?"

"뭘?"

"나를 지켜주겠다고 한 그 말."

류는 복주산 아래의 새벽 숲에서 처음 그녀와 입 맞추던 때를 떠올렸다.

그때도 그녀는 지금처럼 열정적으로, 그리고 필사적으로 매달렸다는 걸 기억한다.

'나는, 나는…… 도움이 필요해요.'

울먹이던 그녀의 모습과 음성이 생생하다.

그때 류는 그녀에게 말해주었다.

'내가 너를 지켜주겠어. 아무도 너를 해치지 못할 거야. 바로 지금처럼…….'

그 말이 가슴에 울리고 머릿속에 가득 찼다. 지금 염가연은 그때의 그 말을 확인하고 싶은 것이다.

"왜?"

류가 물었다.

"왜 그처럼 간절하고 집요한 거지? 무엇 때문에? 무엇을 원하는 거지?"

"대답만 해주면 돼. 한마디만. 제발."

턱을 간지럽게 하며 훅훅 와 닿는 그녀의 숨결이 더욱 뜨거워졌다.

“내가 왜 여기에 있는 건지 알아?”

“왜지?”

“나는 지금 저 바다만큼이나 간절해. 하지만 내가 여기 있는 진짜 이유는 바다 때문이 아니야.”

울 듯하다. 아니, 이미 흐느끼고 있다. 그래서 류는 더 이상 말할 수 없었다.

그녀가 철썩거리는 저 바다처럼 흐느끼며 말했다.

“내가 여기 있는 건 사람과 사람 사이에 있어야 하는 믿음 때문이야. 이 어두운 세상을 밝혀줄 단 하나의 불빛이지.”

“…….”

“나는 그걸 놓치고 싶지 않아.”

내내 침묵을 지키던 류가 불쑥, 무심하게 말했다.

“상관없어.”

염가연이 입을 다물고 절망의 눈길로 그를 올려다본다.

그녀의 달뜬 눈을 똑바로 바라보면서 류가 천천히 말했다.

“너의 소원이 무엇이든 나하고는 상관없는 일이지. 나는 오직 두 가지만 생각해.”

“…….”

“내가 할 수 있는 일, 그리고 내가 할 수 없는 일.”

염가연의 눈이 점점 커진다. 그녀의 입술 앞에서 류가 속삭였다.

“그리고 내가 한 말을 지키는 건 내가 할 수 있는 일이야.”

“고마워. 정말 고마워.”

염가연이 류의 목을 끌어당겼다. 두 사람의 입술이 다시 강하게 합쳐졌다.


“떠날 때가 된 거야.”

단목향이 우울하게 말했다. 아직도 그녀의 숨결에서는 독한 술 냄새가 맡아진다.

“떠날 때가 되었어.”

“영주?”

내내 걱정스럽게 지켜보던 청년 검사가 조심히 불렀다.

단목향은 팔베개를 한 채 축축하게 젖은 땅 위에 누워 있었다. 활활 타오르던 모닥불의 기세도 점점 사그라져 가고 있다.

긴 불 그림자가 일렁이는 그 너머의 어둠 속에는 아직도 한 덩어리가 된 두 사람이 있을 것이다. 단목향은 그 생각을 떨쳐 버릴 수가 없었다.

그리고 천천히 대사형 정취경의 얼굴이 살아났다.

‘정랑……’

그녀의 창백한 두 볼을 타고 눈물 한줄기가 흘러내렸다.

‘미안해요. 미안해요. 미안해요……’

죽은 자에 대한 추억이 산 자에 대한 열망보다 깊지 못하다는 걸 처음 알고 인정해야 하는 시간은 고통스럽다.

부끄러움도 모르고 눈물을 훔친 그녀가 천천히 일어나 앉았다.

어둠 속 여기저기에 웅크리고 앉아 있던 쉰 명의 젊은 검사들이 그녀를 바라본다.

그들의 분위기도 이 어둠과 축축한 바닷바람만큼이나 가라앉아 있었다. 우울함으로 젖어 있다.

"너희들은 떠나야 할 때가 언제인지 아느냐?"

"영주……."

"무엇이 옳은 것이고, 무엇이 그른 것인지 아느냐?"

"……."

"그런 건 개뿔도 없어. 내가 떠나고 싶을 때 떠나면 그뿐인 거야. 내가 옳다고 여긴 걸 하면 그뿐인 거야."

그리고 그녀가 다시 쓰러졌다. 곁에 있던 검사가 다가와 자신의 피풍을 벗어 그녀의 몸 위에 덮어주었다.


"나는 떠날 거야."

멀리서 다가오는 새벽빛 속에서 그녀가 그렇게 속삭였다.

"그때는 누구도 나를 잡지 못할 거야."

류는 말하지 않았다.

"잡으려는 자들은…… 죽일 거야."

"……!"

"저 새벽 하늘에 두고 맹세하겠어. 죽일 거야."

그녀의 어깨를 감싸고 있는 류의 팔에 힘이 들어갔다. 염가연이 그것을 밀어내고 천천히 몸을 일으킨다.

흩어진 머리카락을 쓰다듬는 그녀의 손목이 어둠 속에서 더욱 하얗게 빛났다.

"그때 나와 함께 있어줄 거지?"

"약속은 하지 않겠어."

"왜?"

그녀가 눈을 크게 떴다.

"그때가 언제가 될지, 왜, 누구로부터 떠나겠다는 건지 알 수 없으니 약속할 수 없지."

"……."

"하지만 네가 떠나야겠다고 마음먹었으면 그렇게 해. 눈치 볼 것 없지."

류의 말속에 조금씩 힘이 들어갔다. 그의 의지가 다시 단단해지는 것이다.

이 새벽빛 아래 천천히 드러나는 사물들처럼 제 의지를 드러내 보인다.

"사람들은 누구나 자신들이 준비가 됐을 때 떠나. 보내는 자가 준비됐을 때가 아니지. 너도 그렇게 떠나면 그뿐인 거다. 너를 떠나보낼 자가 준비되었는지 아닌지는 상관없어."

"그래, 나는 떠날 거야, 반드시."

염가연이 입술을 깨물었다.

　　　　　*　　　*　　　*

두두두두―

새벽을 두드리는 말발굽 소리.

조금씩 어둠을 벗어내고 하얀 껍질을 드러내기 시작한 들판을 말들이 거칠게 달린다.

기수들은 제각각의 복장을 하고 있었다. 찬바람에 거친 옷자락이 깃발처럼 휘날린다.

"개자식들."

선두에 선 장한이 부드득 이를 갈았다. 단삼을 입었고, 깡마른 몸집에 주걱턱을 한 강인해 보이는 사내.

철골야차로 불리는 서문로의 두목 곽빙호다.

구문동을 비롯한 네 명의 수하가 사라졌다는 보고를 받은 즉시 그는 서문로를 장악하고 있던 수하들을 모두 이끌고 빠져나왔다.

지존보의 밀천유운대에서 가만히 있지 않으리라는 것쯤은 이미 예상했다. 하지만 이처럼 빠르게, 강력하게 움직일 줄은 몰랐다.

사라진 수하들의 최후가 어땠을지는 보지 않아도 짐작할 수 있는 일이다. 그래서 곽빙호의 가슴은 복수심으로 들끓었다.

그가 이끌고 있던 쉰 명의 무뢰한들과 동가촌에서 나온 서른 명의 장한들.

그들은 모두 일당백의 용사들이었다. 서문로의 무뢰배들로만 알고 있던 세상은 그동안 속고 있었던 것이다.

그들은 어제까지의 건들거리던 망나니의 태를 벗어버렸다. 말 위에 납작 엎드려 어둠을 노려보는 눈빛이 비수처럼 빛난다.

등에 칼을 지고 가죽신 속에 비수를 꽂았으며 말안장에는 창과 활을 걸었다.

갑주를 입지 않았을 뿐이지, 변경의 정예한 기병들 못지않은 위용을 갖추고 나자 그들은 전혀 다른 사람이 되었다.

그런 자들 팔십 명이 미친 듯 어둠을 박차며 달려가고 있는 곳은 동쪽이었다. 거기 염가연의 무리가 있기 때문이다.

오늘의 일을 주도하는 천목일괴 황문걸은 반드시 염가연을 납치해 오라고 명령했다.

곽빙호는 얼마 전까지만 해도 그의 그런 명령에 내심, '내가 그런 치사한 짓까지 해야 하나?' 하는 불만이 컸다. 그런데 구문동 등 네 명의 수하가 잡혀갔다는 걸 알고 난 뒤로 마음이 달라졌다.

그들의 참혹한 주검이 서문로의 골목 안에 내팽개쳐졌다는 걸 알고는 지존보에 대한 증오와 복수심이 불처럼 맹렬해진 것이다.

그건 그대로 염가연이라는 존재에게 전이되었다. 지금 지존보에 대하여 제가 복수할 곳은 딱 한 군데. 바로 그녀이기 때문이다.

부드득, 하고 철골야차 곽빙호의 악다문 이가 저절로 갈렸다. 눈빛이 더욱 스산해진다.

"이랴!"

말 배를 걷어차는 그의 날카로운 외침이 어둠을 찢고, 놀란 말이 거품을 내뿜으며 미친 듯 달려나갔다.

第九章
적수

# 第九章

노을과 같던 새벽의 붉은빛이 사라지고 검은 하늘이 드러났다.

곧 폭우라도 쏟아질 듯 잔뜩 흐려진 하늘에 두터운 구름이 빠르게 밀리고 있다.

바람이 점점 세졌고, 일렁이는 파도의 놀이 갈수록 깊고 커졌다.

술에서 깨어난 단목향은 가엾게도 온몸을 웅크리고 떨었다. 파랗게 변해 버린 입술과 볼, 그리고 충혈된 눈이 멍하다.

천천히 모래 언덕 위로 걸어 올라오는 류와 염가연의 모습은 비를 맞은 듯 온통 젖어 있었다.

달려온 바람이 파도의 비말을 건져 올려 그들의 등을 후려쳤고, 머리카락을 마구 헝클어놓았다.

"너는 죽을 거야."

염가연을 부축하고 있는 류를 바라보면서 단목향은 그렇게 중얼거렸다. 마음속에 통쾌함과 서글픔이 공존한다.

"가자."

언덕 위로 올라온 류가 무심하게 말했다.

"무슨 술을 그렇게 마신 거야?"

"상관하지 마."

"그래 가지고 말이나 제대로 탈 수 있겠어?"

"너한테 붙잡아달라고 하지 않을 테니 걱정할 것 없어."

류가 피식 웃었다. 투정 부리는 누이를 바라보듯 한다.

"그래, 알았다. 알았으니 비가 오기 전에 어서 쉴 데라도 찾아 떠나자."

주섬주섬 제 소지품을 챙겨 일어서는 검기령의 청년 검사들은 아무 말도 하지 않았다.

애써 류와 단목향, 그리고 염가연을 외면한다.

저 먹장구름처럼 무겁게 짓누르고 있는 무엇. 류는 그들의 머리 위에 가라앉아 있는 어둠을 보았다.

'좋지 않아.'

그런 느낌이 머리를 든다. 불길한 느낌이었다.

청년 검사들은 언덕 위에 앉아서 밤새 류와 염가연을 지켜

보았다. 그들이 바다를 마주하고 앉아서 무얼 했는지 다 본
것이다. 두 사람의 미묘한 심리 상태를 느꼈을 것이다.

류와 염가연은 더 이상 상관과 부하가 아니었다. 깊이 사랑
해서 몸과 영혼이 하나 되기를 간절히 원하는 한 쌍의 연인이
되어 있었다.

두 사람의 그런 모습이 모든 청년 검사들에게 절망과 체념
을 가져다주었다. 그건 활력을 빼앗아가고 삶을 무기력하게
하는 나른함이다.

그래서 그들은 깊은 수렁에 빠져 허우적이다가 겨우 기어
나온 사람들처럼 초췌했다. 느릿느릿 움직인다. 제 몸을 이끄
는 것도 힘들어 보였다.

평소 보였던 그 늠름함과 패기와 열정은 물먹은 모래성처
럼 무너졌다.

'이건 위험해.'

그래서 류는 더욱 긴장하고 가슴을 졸였다.

상목기의 말대로 누군가 염가연을 노리고 기습해 온다면
속수무책일 것이기 때문이다.

"서둘러."

류가 낮고 무겁게 말했다.


"서둘러라!"

같은 시각, 같은 명령이 검기령의 무리로부터 일백 리 떨어

진 산골짜기에서도 쩌렁쩌렁 울려 퍼졌다.

두두두두—

일백 기의 기마가 갑주 쩔렁이는 소리를 싣고 빠른 구름처럼 몰려가고 있었다.

펄럭이는 깃발과 번쩍이는 창.

지존보의 힘인 화천비룡대 일백 기마 무사의 질주 앞에는 장애물이 있을 수 없었다.

그들의 깃발을 본 자들은 누구라 할 것 없이 맹수라도 만난 듯 이리저리 흩어졌고, 강호의 무리는 숨죽이고 숲 속의 어둠 속에 몸을 숨겼다.


곽기의 기마대로부터 이십 리 떨어진 곳.

두두두두—

그곳에서도 팔십여 필의 말들이 거품을 물고 질주해 가고 있었다.

류와 검기령의 검사들이 말에 올라 전열을 정비했을 때쯤 그것들은 뽀얀 먼지구름을 피워 올리며 벌판 저 끝에 모습을 드러냈다.

눈을 가늘게 뜨고 바라보던 류가 버럭 소리쳤다.

"왔다!"

단목향이 가장 먼저 반응했다. 핏발 선 눈을 비비고 바라본 그녀의 얼굴이 창백해졌다.

바람처럼 빠르게 다가오고 있는 수상한 기마의 무리들. 그들이 내지르는 함성이 아득하게 들린다.

"전투 대형! 첨자진이다!"

단목향이 쉰 목소리로 외쳤다. 그 즉시 검기령의 청년들이 말을 몰아 좌우로 달리며 염가연과 류를 가운데 두고 마상진을 쳤다.

셀 수 없이 많은 연습으로 몸에 익어 칠흑의 어둠 속에서도 완벽하게 대형을 이룰 수 있는 그들이었다.

'틀렸어.'

하지만 류는 그들의 복판에 우뚝 서서 가만히 한숨을 쉬었다.

쐐기를 본뜬 첨자진(尖字陣)은 완벽했지만 진을 치고 있는 청년들에게서 전의가 읽히지 않았기 때문이다.

그들은 상실감으로 무기력하게 가라앉아 있을 뿐이었다. 아직 얼마나 절박한 현실에 내몰려 있는지 실감하지 못하고 있다.

말 위에 올라타고 검을 쥐었을 뿐, 허수아비들이나 다름없게 변해 버리고 만 것이다.

영주인 단목향도 그랬다. 류와 염가연을 등 뒤에 두고 서서 망연자실하게 앞을 바라볼 뿐이다.

어떻게 싸워야 할지, 언제 공격을 하고 진법을 어떻게 변화시켜 대응해야 할지 판단하지 못하고 있다.

아직 깨지 못한 술기운이 그녀의 판단력을 흐리게 했고, 마음의 고통이 그녀를 어리벙벙하게 했다.

멀쩡한 사람은 류 혼자였다.

"내려! 말에서 내려!"

그가 버럭 소리쳤다. 오백 보 앞까지 밀려와 있는 자들이 일제히 활을 움켜쥐고 말 위에서 몸을 일으키는 걸 본 것이다.

"말을 세우고 뒤에 붙어 서라! 몸을 가리란 말이야!"

적이 분명한 자들이 다시 삼백 보 앞까지 밀려왔을 때에야 모두들 말에서 내렸다.

투레질하며 맴도는 말고삐를 쥐고 진정시키기에 정신이 없다.

대열은 엉망이 되었고 사기는 더욱 그랬다.

"제기랄!"

류가 발을 굴렀다.

쏴아아아—

허공을 까맣게 뒤덮으며 밀려오는 화살들.

"말을 방패로 삼아 숨으란 말이다!"

류의 고함 소리가 내리꽂히는 살촉의 바람 가르는 소리에 파묻혔다.

퍼퍼퍼퍽!

히히힝—

“으아악!”

꼬챙이로 젖은 모래자루를 쑤시는 듯한 묵직한 소리가 연이어 터져 나오고, 말들이 구슬픈 비명을 지르며 날뛰었다.

그 사이사이 미처 몸을 숨기지 못한 청년들의 비명이 섞여 든다.

일파의 화살에 십여 명이 죽거나 부상을 입고 나뒹굴었다. 비로소 남은 자들이 제정신을 차리는 것 같지만 너무 늦고 말았다.

그들이 현실을 똑바로 인식하고 긴장했을 때 이파의 화살들이 소나기처럼 머리 위로 떨어졌다.

퍼퍼퍼퍽!

다시 요란한 충격음. 그리고 구슬픈 말 울음소리와 단말마의 비명 소리들.

이번에는 일곱 명을 잃었다. 그나마 처음보다 기민하게 대응한 탓이다.

순식간에 삼분지 일이 사라졌지만 아직 서른세 명이 남아 있다. 전의만 되찾는다면 해볼 만한 숫자인 것이다.

“다 뒈지려고 작정한 거냐? 정신들 차려!”

류가 화살 하나를 낚아채 꺾어버리며 악을 썼다. 단목향이 핏발 선 눈으로 그를 돌아보았다.

‘어떻게 하지?

그녀의 눈이 그렇게 묻는다. 아직도 술기운에 얼떨떨해 있는 기색이 역력했다.

"멍청한 것!"

류가 이를 악물고 욕했다.

그사이 놈들은 얼굴을 구별해 볼 수 있을 만큼 가까이 다가와 있었다. 오십여 보 저쪽이다.

"한 놈도 살려두지 마라!"

곽빙호가 칼을 뽑아 들고 휘두르며 소리쳤다. 그제야 살아남은 검기령의 청년들도 검을 뽑아 들었다.

말들은 쓸모없게 되었다. 대부분 화살받이가 되어 땅에 쓰러졌고, 살아남은 것들도 몸에 몇 개씩 화살을 꽂은 채 달아나 버렸다.

상대는 팔십 기의 기마 무사들이다. 와락 달려들고 있는 그들의 위세에 정신이 아찔해졌다.

"막아! 막아서란 말이다! 들여보내서는 안 돼!"

류가 발을 구르며 악을 썼지만 진은 이미 있으나마나한 것이 되어버렸다.

말들이 크게 울부짖으며 훌쩍 뛰어들었고, 마상의 무사들이 휘두르는 칼빛이 허공을 하얗게 뒤덮었다.

순식간에 벌어진 일이었다.

"막아!"

단목향이 악을 쓰며 검을 휘둘러 그녀 앞에 쇄도해 드는 말의 다리를 찍었다.

히히힝!

말이 무릎을 꺾고 고꾸라지며 구슬픈 비명을 지른다.

예상치 못한 일에 마상의 사내가 칼을 쥔 채 튕겨 나왔고, 류의 몸이 벼락처럼 그에게 날아갔다.

빠악!

그의 발끝이 놈의 관자놀이에 박혔다. 잘 익은 수박 한 덩이가 박살 나는 것 같다.

단목향은 산발한 머리카락을 어지럽게 날리며 미친 듯이 검무를 추었다.

이제 그녀는 더 이상 취해 있을 수도, 무기력하게 처져 있을 수도 없었다. 염가연을 지키기 위해서가 아니라 자기 자신의 목숨을 지켜야 했던 것이다.

살아남은 검기령의 청년들 또한 사정이 그녀와 다를 바 없었다.

그들은 그 누구도 아니라 스스로를 구하기 위해 온 힘을 다해 검을 휘둘러 대항하고 있었다.

집단의 위력은 사라진 지 오래전이다. 진법이 파훼된 그 순간부터 모두는 각자의 싸움을 할 수밖에 없었다.

그 어지러운 전장의 복판에 염가연이 오뚝 서 있었다.

표정없는 얼굴로 눈앞에서 벌어지고 있는 살육을 지켜본다. 피가 튀고, 잘려진 머리통이, 팔다리가 무지개처럼 허공에 걸리지만 그녀의 눈에는 아무것도 보이지 않는 것 같았다.

오직 한 사람, 류만이 그녀 곁을 지키고 있을 뿐이었다.

"와아아!"

함성과, 번쩍이는 칼빛과, 쨍강거리는 날카로운 쇳소리.

"으악!"

"크아악!"

"케액!"

온갖 처절한 비명 소리들. 평화롭던 모래 언덕이 아비규환의 지옥으로 변해갔다.

정신을 차리고 조금씩 전의를 되찾아가는 검기령의 청년들은 그러나 조금씩 그 수가 줄어들고 있었다.

개개인의 전력이 되살아나는 만큼 머리수가 줄어들고 있으니 여전히 밀릴 수밖에 없다. 벗어날 길이 없어 보였다.

그에 비해서 정체를 알 수 없는 자들의 기세는 시간이 지날수록 높아져만 갔다.

지존보의 무사들과 처음 싸워보는 그들이었다.

막상 공격 명령이 떨어지고, 이처럼 칼과 검을 섞어보기 전까지는 막연한 두려움에 떨기도 했다. 하지만 부딪치고 나자 자신감이 충만해진다.

'허깨비들이었군?'

그런 생각을 절로 나누게 된 것이다.

지존보의 사천 중 하나라는 백천수호대의 청년 검사들, 강호의 미래를 짊어진 영웅들이라는 그것들이 이처럼 시시하고 맥없는 족속이라는 걸 알았다. 그게 들개 떼 같은 그들을 더욱 용맹하게 해주었다.

"이놈!"

말을 버리고 허공 높이 뛰어오른 자가 힘차게 외치며 칼을 후려쳤다.

곽빙호다.

그는 조금 전 류가 몸을 날려 제 수하 한 놈의 머리통을 수박 부수듯 해버린 걸 본 터였다.

노여움에 살기가 더해져 고스란히 칼에 실렸다. 바위라도 단칼에 쪼개 버릴 듯 무시무시하다.

'이놈은?

류가 어리둥절한 얼굴로 그런 곽빙호를 바라보았다.

찰나의 순간이다. 번갯불이 번쩍이는 것 같은 그 순간에 류는 곽빙호의 실체를 알아보았다.

'고수!

벼락처럼 뒤통수를 후려치며 달려가는 느낌.

그리고 류의 피가 아우성을 치며 들끓어올랐다. 아직 무겁게 가라앉아 있던 그의 파괴 본능이 갑자기 깨어난 것이다.

왁! 하고 어둠 속에서 달려드는 악귀 같은 본성이다.

씨잉—

무시무시한 일격이 간발의 차이로 류의 어깨를 스치고 떨어졌다. 본능적으로 몸을 비꼈던 류가 제자리로 튕겨지며 한 주먹을 내뻗었다.

슈앙—

감추고 있던 잠력이 한순간에 터져 나간다.

"이놈!"

곽빙호가 이를 악물었다. 빗나간 칼을 들어올려 후려칠 새가 없다. 그가 몸을 비틀며 칼몸으로 겨우 자신의 가슴을 가렸고, 류의 주먹이 그것을 후려쳤다.

땅!

요란한 쇳소리. 동강 나버린 칼이 목을 스치고 날아간다.

류의 주먹에 실린 엄청난 힘을 고스란히 감당해 낸 곽빙호가 주르륵 뒤로 밀렸다. 눈을 부릅뜨고 류를 다시 보았다.

'고수!'

곽빙호의 등줄기로 벼락처럼 전율이 흘러갔다.

류는 맨손이다. 그의 깡마르고, 박달나무처럼 단단하며 질겨 보이는 몸뚱이가 비로소 눈에 들어왔다.

"너는 박투에 능한 놈이구나!"

곽빙호가 버럭 소리쳤다. 박투라면 그의 장기이기도 하다.

"좋다!"

버럭 소리친 곽빙호가 반 토막뿐인 칼을 집어 던지고 그대로 류에게 부딪쳐 갔다.

꽝!

두 사람의 어깨가 한 치의 양보도 없이 충돌했다. 바윗덩이가 충돌한 것 같은 타격음이 터지고 두 사람 모두 상체를 휘청거렸다.

"이건 굉장한걸?"

류가 놀라 소리쳤다.

곽빙호의 깡마른 몸집이 그에게도 비로소 커다랗게 보였다. 무쇠 기둥을 박아놓은 것처럼 단단해 보이는 체구가 인상적이다.

류는 그가 자신과 동류의 인간이라는 걸 알았다. 그렇다면 참을 수 없다.

호승심이 걷잡을 수 없이 솟구치고, 혈관의 피가 아우성을 치며 들끓었다.

"끼야아!"

요란한 괴성. 짐승의 포효 같은 그것이 처절한 전장의 하늘을 뒤덮는다.

일체의 변식이나 속임수를 배제한 채 나무토막을 치듯이 그렇게 주먹을 뻗어 곽빙호를 쳤고, 곽빙호 또한 류와 똑같은 마음이 되어 마주쳐 왔다.

쾅쾅쾅쾅!

두 사람의 주먹과 주먹이 부딪치고 팔목과 팔목이 충돌할 때마다 마른 장작을 두드리는 것처럼 요란한 소리가 터져 나왔다.

류는 빠르다. 그것에 조금도 밀리지 않고 맞서는 곽빙호의 손과 발도 빠르다.

두 사람은 누가 더 빠른지, 누가 더 맹렬한지를 겨루었다. 눈곱만큼의 속임수도 없는 순수한 힘과 기예의 부딪침이다.

곽빙호의 주먹이 아슬아슬하게 류의 뺨을 스쳤고, 류의 수도가 간발의 차이로 곽빙호의 목덜미를 훑고 지나갔다.

두 자 다섯 치의 공간. 그것이 번개처럼 오가는 권장의 그림자로 꽉 찼다.

싸움은 두 사람만의 것이었다. 주변의 모든 소란과 비명이 씻은 듯 사라졌다.

두 사람의 귀에는 오직 서로의 거칠어진 숨소리만 들릴 뿐이고, 두 사람의 눈에는 오직 서로의 번쩍이는 눈만 가득할 뿐이다.

곁에서 태산이 무너지고 땅이 꺼진다 해도 눈 하나 깜짝하지 않을 완전한 몰입. 그것이 순식간에 류와 곽빙호를 무아의 세계로 이끌었다.

내가 이놈과 싸운다는 것을 잊었고, 반드시 죽여야 할 상대라는 것도 잊었다. 그래서 두 사람의 숨 돌릴 틈 없는 격돌은 가장 아름답고 순수하기도 했다.

쾅쾅쾅!

다시 몇 차례의 단단한 충돌음이 터져 나오고, 부드득 이가는 소리가 뒤섞였다.

너무 빠르다. 그들이 어떻게 움직이고 있는지, 누가 공격을 하고 누가 반격을 하는 건지 알아볼 수 있는 자가 없다.

류의 주먹이 얼굴을 후려치면 곽빙호의 무릎이 류의 옆구리를 찍었다. 그것을 팔꿈치로 누르며 권을 수도로 바꾸어 목을 찍고 어깨를 찍는 류의 움직임이 눈부시다.

곽빙호는 이를 악물었다. 이놈은 절대로 백천수호대의 애송이가 아니라고 생각했다.

고수.

평생 만나보기 힘든 적수이면서 자신이 닦은 무공과는 천적일지 모른다는 생각도 번갯불처럼 스쳐 갔다.

그렇다면 반드시 죽여야 한다.

하지만 그런 생각이 두려움으로 왈칵 밀려들었다는 것도 부정할 수 없다. 그래서 곽빙호는 신중해졌다.

멈칫거리자 손발이 느려진다.

눈으로는 구분할 수 없는 순간의 망설임이고 미세한 변화였다. 하지만 느낌으로 와 닿는 그것의 차이는 하늘과 땅만큼 크다.

"이얍!"

기세를 빼앗은 류의 기합성에 더욱 힘이 붙었다.

파앙!

그의 주먹이 바람을 터뜨리며 뻗어나갔고, 곽빙호의 어깨가 움찔거렸다.

선풍취보(旋風醉步)를 밟아 팽이처럼 맴도는 그의 어깨를 노리고 이번에는 류의 갈퀴 같은 다섯 손가락이 떨어졌다.

바위를 부수는 손아귀 힘이다. 한 번 잡히면 살점이 으깨지고 뼈가 박살 난다.

그 손가락 끝이 어깨에 닿은 순간 위험을 느낀 곽빙호가 '욱!' 하고 온 힘을 뽑아 올렸다.

추혼귀수(追魂鬼手) 중 탄자결(彈字訣)으로서 상대의 힘을 튕겨내는 수법이다.

그의 어깨를 움켜잡으려는 순간 철판을 때린 것처럼 되돌아오는 반탄력이 류를 놀라게 했다.

제가 쳐낸 힘에 곽빙호의 힘까지 더해져 튕겨져 나오니 충격이 배가된다.

그 짧은 순간의 변화가 곽빙호에게도 절호의 기회가 되었다.

"끼옷!"

그가 괴조(怪鳥)의 부르짖음 같은 기합성을 터뜨리며 풍호설무(風號雪舞)의 수법으로 두 손을 맹렬하게 휘둘렀다.

회오리바람이 몰아치듯 빠르게 엇갈리며 왼쪽, 오른쪽을 번갈아 후려쳐 오는 장법의 쾌속, 신랄함이 류를 얼떨떨하게 했다.

"찻!"

여덟 번의 주먹질이 채 끝나지 않았는데 왼발을 번쩍 들더니 몸을 기울이며 옆머리를 걷어찬다.

그 수법 또한 쾌속하고 깨끗해서 경황 중에도 류는 감탄성을 터뜨렸다.

"좋구나!"

호기롭게 외친 그가 반대편으로 쓰러질 듯 몸을 눕혔다. 곽빙호의 마지막 주먹질과 일각(一脚)을 피하며 비질하듯이 발을 휘둘러 무릎을 쓴다.

걸리면 그대로 무릎이 박살 나 무너질 것이다. 하지만 곽빙호의 반사신경은 의외의 기습에도 잘 반응하도록 날카롭게 길들어 있었다.

그가 빗나간 발로 다시 한 번 허공을 차며 그 탄력을 빌어 훌쩍 몸을 띄워 올렸다. 류의 회선각(回旋脚)을 멋지게 피한 것이다.

두 사람이 반대편에서 동시에 몸을 일으켰다. 오뚝이 같다.

"이놈!"

한껏 흥이 도도해진 류가 버럭 외치며 몸을 틀었다. 어깨의 동선을 따라 주먹이 씨잉, 하는 바람 소리를 내며 쳐들어가고, 비틀어지는 허리의 탄력이 체중과 함께 그것에 실린다.

쾅!

곽빙호가 엉겁결에 어깨를 뿌리치듯 휘둘러 그것을 정면으로 받아냈다. 맷돌 깨지는 소리가 났다.

"우욱!"

어깨뼈가 으스러지는 것 같은 충격에 곽빙호는 정신이 아뜩해졌다. 저도 모르게 비명을 흘리며 비틀거렸다.

"어딜 달아나려고!"

류가 소리치며 더욱 급박하게 달려들었다. 곽빙호의 눈에 놀람이 스쳐 갔다.

그가 철판교의 신법을 발휘해 몸을 뒤로 젖혔다. 등이 바닥에 닿을 듯한 순간 발끝으로 힘껏 땅을 찬다.

그의 신형이 얼음판 위를 미끄러지는 납작한 돌처럼 빠르게 물러섰고, 류의 발이 방금 그가 있던 땅을 찍었다.

쾅!

움푹 파이는 발자국, 그리고 지진을 만난 듯 땅이 진동했다.

순식간에 일 장이나 뒤로 미끄러진 곽빙호가 허깨비처럼 몸을 일으켰다.

"다시 보자!"

분한 외침을 던지고 훌쩍 말 위에 올라탔다. 놀란 말이 반 바퀴 맴돌더니 큰 울음소리와 함께 앞에 있는 자를 훌쩍 뛰어 넘었다.

"이놈! 달아나는 거냐!"

류가 분한 외침을 터뜨렸을 때 곽빙호를 태운 말은 이미 십여 장 밖을 쏜살처럼 달려가고 있었다.

두목이 달아나는 걸 본 다른 자들도 제 상대를 버리고 있는 힘껏 달아나기 시작했다.

참혹했다.

한 번의 벼락치듯 한 부딪침에서 서른 명이나 되는 검수들이 죽었다. 중상을 입고 신음하는 자도 일곱이다. 나머지 열세 명도 온전하지는 못했다.

한바탕 무섭고 끔찍한 꿈을 꾼 것 같았다.

모두는 얼이 빠진 얼굴로 서서 멍하니 서로를 바라보았다. 아직 제 눈앞에서 벌어졌던 일을 믿지 못하겠다는 듯하다.

곽빙호의 무리도 온전하지는 못했다. 그들이 썰물처럼 사라져 버린 자리에는 스물다섯 구나 되는 주검과 열두 명의 부상자가 남았다.

그 참혹한 전장의 한복판에서 염가연은 여전히 석상처럼 오뚝 서 있었다. 곁에서 피와 살점이 난비하고 칼이 낙뢰처럼 떨어졌지만 그녀는 꼼짝도 하지 않았다.

단목향은 온몸에 피를 뒤집어써서 혈인(血人)으로 변해 있었다. 술기운은 천리만리 달아나 버린 지 오래다.

단숨을 헐떡거리는 그녀의 몸 여기저기에 베이고 찔린 상처가 보였다. 그녀의 피가 그녀가 죽인 자의 피에 섞여 발등으로 뚝뚝 떨어지고 있다.

"이, 이건, 이건 도대체……."

단목향이 꿈을 꾸듯 중얼거렸다.

처음 겪어보는 격렬한 싸움이었고, 처음 경험해 보는 삶과 죽음의 경계였다.

류는 그 모든 것들과 그 모든 사람들을 외면한 채 오직 곽빙호가 바람처럼 사라져 버린 저 먼 벌판을 응시하고 있었다.

'대체 어떤 놈인가?'

그런 의문이 머릿속에 가득할 뿐, 제가 싸웠다는 것마저 잊은 듯한 얼굴이다.

곽빙호와 같은 자가, 그것도 자기처럼 박투에 능한 자가 있었다는 게 의외였다. 게다가 자신의 격렬함에 손색이 없는 자였다.

류는 처음으로 저와 싸운 자를 곱게 살려 보냈다. 여태까지 그런 일은 없었다.

그와 싸운 자들은 누구든 참혹하게 부서져 죽지 않았던가. 그런데 곽빙호는 멀쩡한 몸으로 달아났다. 그런 자가 어디에서 불쑥 생겨난 건지 의아하기만 했다.

다시 만나고 싶었다. 그리고 반드시 죽고 사는 걸 결정하고 싶었다.

"놈, 다음에는 오늘처럼 제멋대로 왔다가 제멋대로 가지 못할 것이다."

제 자신에게 해주는 다짐이었다.

막대한 피해를 입었다.

예상치 못했던 일이기에 그 충격이 더 컸다.

"대체 누구지? 너에게 경고해 주었던 자가 누구야?"

단목향이 숨을 헐떡이며 물었다.

급히 전장을 떠나 삼십여 리쯤 왔지만 아직도 그녀의 흥분은 가라앉지 않았다.

그녀에게는 상처의 고통보다도 천불산에서 류에게 오늘의 일을 경고해 주고 사라졌다는 자에 대한 궁금증이 더 크게 일었다.

"아무도 내 말을 믿지 않았다."

류가 퉁명스럽게 말했다.

단목향이 눈을 흘겼고, 염가연은 무슨 생각을 하고 있는 건지 내내 표정없는 얼굴 그대로였다.

"그때는 믿을 수 없었어. 하지만 지금은 믿어. 그러니까 말해봐."

"최명흑선 상목기."

"최명흑선? 그가 왜? 아니, 어떻게 알았지?"

"모른다."

류가 더 이상 말할 게 없다는 듯 입을 꾹 다물었고, 모두 무거운 침묵을 지켰다.

올 때는 호기롭게 말을 타고 위세를 떨치며 왔는데, 돌아가는 길은 부상자를 업고 터벅터벅 걸어가는 초라한 길이다.

크게 놀란 그들은 왔던 길을 버리고 서쪽으로 귀로를 잡았다. 제남부를 멀리 두고 빙 돌아가는 것이다.

염가연의 선택이었다. 그리고 결과적으로 그것 때문에 그들을 찾아온 화천비룡대와 만나지 못했다.

류와 백천수호대의 검사들이 참혹한 전장을 두고 떠난 지
두 시진.

일백 기의 전마가 벌판을 구름덩이 같은 흙먼지로 뒤덮으
며 달려왔다.

곽기는 저 멀리, 언덕 위에서 맴돌고 있는 까마귀 떼를 보
았다. 불길한 예감이 등줄기를 타고 달린다.

"하아!"

말이 거품을 문 채 쓰러질 듯 내달리고, 까마귀 떼는 점점
많아져서 하늘을 뒤덮었다.

가까워질수록 피 냄새가 짙어졌다. 곽기의 마음은 미칠 듯
초조해졌다.

백여 장 밖에 이르자 비로소 사물의 윤곽이 눈에 들어온다.

여기저기 쓰러져 있는 말과 사람들. 피 냄새.

"하앗!"

곽기가 말 배를 힘껏 걷어찼다. 놀란 말이 펄쩍펄쩍 뛰며
내달렸다.

잘 길들여졌고 힘이 좋은 전마였지만 주인의 급한 마음을
만족시켜 주지는 못했다.

답답해진 곽기가 구르듯 말에서 뛰어내려 땅을 박찼다.

그의 신형이 쏜살처럼 달려갔다. 저만큼 뒤에 말을 떼어놓

고 삼십여 장을 날듯이 달려간 그가 우뚝 섰다.

후두둑, 하고 옷자락 펄럭이는 소리와 함께 일백 전사가 그의 주위에 내려섰고, 모두들 경악의 숨을 들이켜며 얼어붙었다.

"누구냐!"

곽기가 신경질적으로 소리쳤다.

참혹하게 죽어 있는 검기령의 청년 검사들이 두 눈 가득 들어왔다. 그들이 흘린 피가 아직 다 마르지 않아 끈적거린다.

부러진 검과 칼이 어지럽게 널려 있고, 그 사이사이 뒤엉켜 죽어 있는 검기령의 청년들과 정체를 알 수 없는 놈들.

잔뜩 낯을 찌푸리고 그들 하나하나를 살피던 곽기가 소리쳤다.

"각주는 아직 살아 있다!"

그녀의 주검은 보이지 않았던 것이다.

류와 단목향의 모습도 없다. 살아남은 검기령의 검수들과 함께 이곳을 떠난 게 틀림없었다.

'찾아야 한다.'

위기감과 팽팽한 긴장으로 곽기의 움켜쥔 두 주먹이 부르르 떨렸다.

# 第十章

## 검은 저승사자

# 第十章

네 필의 말이 돌아온다.

머리를 좌우로 흔들며 신경질적으로 땅을 차는 것이 심상치 않았다.

따각거리는 말발굽 소리가 가까워졌다.

"응?"

지켜보던 곽기가 눈을 크게 떴다. 말 위에 있어야 할 사람이 보이지 않았기 때문이다.

염가연의 종적을 찾기 위해 사방으로 보냈던 척후들인데, 사람은 어디 가고 말들만 신경질을 부리며 돌아오고 있는 것이다.

획, 획—

곽기의 곁에 있던 자들 몇 명이 몸을 날려 달려갔다. 그리고 놀란 외침을 터뜨린다.

"으헉!"

이제는 곽기도 보았다, 그들이 끌고 온 말안장에 매달려 있는 네 개의 수급을.

"이런!"

곽기가 이를 갈았다.

"전투 대형!"

동료의 머리통을 본 화천비룡대의 전사들은 모두 복수심으로 불탔다. 곽기의 명령이 떨어지기 무섭게 말에 올라타고 장창을 잡았다.

일자진(一字陣)이다.

화천비룡대의 전사들이 전투에 임할 때마다 일격필살의 각오를 다지며 펼치는 진법이 바로 그것이었다.

기다린다. 무거운 침묵과 소리없는 적의를 감추고 묵묵히 서서 까마귀 떼 시끄럽게 울어대는 모래 언덕을 지키고 있다.

뿌우우—

저 건너의 벌판에서 처량한 고동 소리가 울려 퍼졌다.

뿌우우—

그것에 화답하듯 사방에서 일제히 고동 소리가 들려왔다. 그리고 뽀얀 먼지를 일으키며 한 떼의 전마들이 질주해 오기 시작했다.

"거궁(擧弓)!"

곽기의 명령에 일백 전사들이 일제히 활을 꺼내 들었다. 시위에 두 대의 화살을 먹이고 기다린다.

두려움은 없다. 엄숙하게 가라앉아 있는 침묵이 모래 언덕 위의 그들을 더욱 장엄하게 했다.

두두두두—

오십여 필의 전마들.

말 목을 감싸 안고 납작 엎드린 채 질주해 오고 있는 오십 인의 괴한들.

그들을 기다린다.

오백 보가 삼백 보로, 다시 이백 보로 좁혀들었다. 순식간이다.

"와아아아—!"

놈들이 비로소 말 등에서 몸을 일으키며 일제히 함성을 질렀다. 칼을 뽑는 소리가 요란한 말발굽 소리에 섞여 들려올 만큼 가까워졌다.

일백 보.

"사(射)!"

높이 올라갔던 곽기의 손이 힘차게 내려왔고, 만월처럼 시위를 당기고 있던 자들이 동시에 손을 놓았다.

콰아아아—

화살이 새까맣게 하늘을 덮으며 쏟아져 나갔다.

그 즉시 전사들은 다시 두 개의 화살을 꺼내 시위에 먹였다. 한 번에 두 대씩을 쏘아대는 것이다.

콰아아아—

속사였다. 일파의 화살들이 아직 적의 몸통에 닿지 않았는데 이파의 화살들이 뒤따라 쏟아져 나간다.

"회군(回軍)!"

구르듯 말을 달려 쳐들어오던 무리 중에서 한 놈이 버럭 소리치고 재빨리 말 머리를 돌렸다.

콰아아아—

쏟아지는 화살의 소낙비가 그들의 머리 위에 쏟아졌다. 놈들이 칼을 휘둘러 그것들을 쳐내며 급히 달아나기 시작했다.

땡강거리는 소리와 함께 간간이 처절한 단말마가 터져 나왔다.

달려왔을 때보다 더 빠르게 달아나는 기마들. 이파의 화살이 그들의 뒤에 우수수 쏟아졌다.

그들이 지나간 자리에는 고슴도치가 되어버린 십여 명의 적이 말과 함께 나뒹굴고 있었다.

"오합지졸들."

비웃음을 흘린 곽기가 칼을 뽑아 들고 외쳤다.

"추살(追殺)!"

"와아아아—!"

일백 명의 전사가 일제히 소리쳤다. 활을 안장에 걸고 장창을 내려 들더니 말 배를 박찼다.

흥분으로 투덕거리며 땅을 긁어대고 있던 전마들이 기다렸다는 듯 일제히 땅을 박차고 언덕을 뛰어내려 갔다.

콰드드드드—

지진을 만난 듯 땅이 흔들리고, 일백 필의 건장한 말이 질풍이 되어 벌판을 휩쓸어갔다.

달아나는 자들의 초라한 뒷모습이 곧 잡힐 듯 보인다. 곽기의 기병들이 그들을 포위할 것처럼 좌우에서 치고 나갔다.

일자진이 어느새 초승달처럼 굽은 반월진(牛月陣)으로 변한 것이다.

서른 보의 거리를 두고 좌우의 선두가 적들과 나란히 달렸다.

한 덩어리가 되어 필사적으로 달아나고 있는 자들을 좌우와 뒤에서 에워싸고 함께 달리는 형상이다. 그리고 빠르게 그들 사이의 거리가 좁혀졌다.

나란히 달리던 자들이 말 머리를 틀더니 곧장 적의 옆구리를 찌르며 달려들었다.

장창이 햇빛을 받아 눈부시게 번쩍인다.

그것이 그대로 구름을 쪼개듯 한 덩어리로 뭉쳐 있는 놈들의 복판을 뚫고 나갔다.

쨍강거리는 요란한 쇳소리와 말의 울부짖음, 그리고 처절한 비명 소리가 뒤섞여 벌판을 아비규환의 소란 속으로 떨어뜨렸다.

좌우의 포위가 족쇄처럼 좁혀들어 적들을 산산이 찢어놓았다.

하지만 그 와중에도 악착같이 살아서 달아나는 자도 있었다. 오십여 명이던 것이 고작 십여 명이 되어서 미친 듯 앞만 보고 달려간다.

이제 곽기의 기병들은 대열을 흩뜨린 채 바람처럼 그자들을 추격하기 시작했다.

한 놈도 살려두지 않고 모조리 난자를 해버릴 셈인 것이다.

콰드드드드—

벌판이 요란한 말발굽 소리로 몸살을 앓는다.

번쩍이는 창검의 살기가 하늘에 닿았다.

살아남은 자들은 죽기 살기로 말을 달려 산곡(山谷)으로 향했다.

구절양장의 좁은 골짜기.

살육의 흥분으로 거칠어진 곽기의 기병들은 거침없이 그 안으로 뛰어들었다.

앞서 달아나고 있는 자들과의 거리가 점점 좁혀졌고, 몇 번만 더 말을 재촉하면 등을 찌를 수 있을 것 같았다.

"끼하!"

곽기가 크게 소리쳐 말을 다그치며 급히 뒤쫓았다. 그렇게 한 굽이를 돌았을 때다.

콰앙!

좌우의 바위 비탈 위에서 요란한 폭발음이 울렸다.

흠칫한 곽기는 비로소 제가 기병들을 몰아 골짜기 깊이 들어왔다는 걸 알았다. 급히 말을 멈추는데 머리 위에서 천둥 치는 듯한 소리가 들려왔다.

콰콰콰콰, 우르르—

돌덩이들이 서로 부딪쳐 우당탕거리며 눈사태처럼 쏟아져 내린다.

"회군, 회군!"

비로소 일이 잘못되었다는 걸 안 곽기가 목청껏 소리치며 말을 돌렸다. 하지만 좁은 협곡에 밀물처럼 밀려들어 온 일백여 기의 기마는 쉽사리 말 머리를 돌릴 수가 없었다.

말들이 놀라 울부짖고 우왕좌왕하는 사이에 폭우처럼 쏟아져 내린 바윗덩이들이 그들을 짓이겼다.

"끄아악!"

"아악!"

우르릉거리는 소리에 귀가 먹먹하고, 사방에서 말과 함께 짓이겨지는 자들의 비명 소리에 넋이 달아날 지경이 되었다.

"벽에 붙어! 돌아보지 말고 빠져나가라!"

곽기가 목이 터져라고 소리쳤다.

이런 간단한 유인술에 말려들고 말았다는 데에 미칠 듯 화가 났지만 지금은 살아서 이 지옥을 빠져나가는 게 급하다.

곽기와 그의 기병들이 겨우 골짜기를 빠져나왔을 때 그들의 모습은 참혹하기 이루 말할 수 없었다.

일백 명이던 자가 잠깐 사이에 서른 명 남짓으로 줄어 있었던 것이다.

깃발은 꺾였고, 장중하던 기세도 비 맞은 중처럼 초라해졌다.

아직도 협곡 저 안쪽에서는 우르릉거리는 소리가 계속되고 있었다.

먼지가 해일처럼 골짜기를 메우며 쏟아져 나온다.

그곳에 갇혀 생매장당해 버린 수하들에 대한 안타까움과 분노로 곽기의 눈에 눈물이 맺혔다.


서른 명을 이끌고 돌아가는 길은 백 명을 통솔하며 오던 길보다 몇십 배는 더 멀고 고단했다.

'도대체 이 일을 뭐라고 고한단 말인가.'

화천비룡대 전체에 크나큰 수치를 가져가는 셈이다. 입이 열 개라도 할 말이 없다.

그런 암담함으로 곽기는 눈앞이 깜깜했다.

패도전왕 섭철곤은 실패를 용서하지 않을 것이다.

그가 당장 자신의 목을 쳐버릴지도 모른다는 생각 때문에 곽기의 고개는 더욱 숙여지기만 했다.

그는 이제 염가연을 찾아 호위해야 한다는 일을 포기했다.

어떻게 하든 한 명이라도 살려서 이끌고 지존보로 돌아가야 한다는 것만 머릿속에 가득할 뿐이다.

위풍당당했던 화천비룡대의 기병들이 초라해진 몰골을 한 채 묵묵히 벌판을 가로지른다.

잡목 숲이 제법 우거진 언덕에 올랐을 때였다.

"대장, 저기!"

향도를 맡아 선두에 섰던 자가 급히 돌아오며 소리쳤다.

실의에 빠져 있던 곽기가 목을 길게 빼고 바라본 곳에 말을 탄 한 무리의 괴한들이 늘어서 있었다.

얼핏 보아도 이백여 명은 족히 되어 보이는 자들이었다. 하나같이 검은 옷을 입었고 복면을 해서 얼굴을 가렸다. 세워 들고 있는 깃발 하나 없으니 대체 어떤 무리인지 알아볼 수가 없었다.

그리고 그 뒤편의 언덕에는 역시 검은 옷을 입은 자들이 창검을 잡고 도열해 있었는데, 그들 역시 이백여 명은 족히 되어 보였다.

정체를 알 수 없으나 한 가지는 분명했다.

곽기가 부드득 이를 갈았다.

"살고 싶으냐?"

수하들을 돌아보며 물었다. 다들 대답이 없다.

"살고 싶으면 죽기로 싸워라. 싸워서 뚫어라."

이제는 그 길밖에 달리 선택할 수 있는 게 없다.

"누구든 살아남은 자는 뒤를 돌아보지 말고 지존보까지 달려가라. 말이 쓰러지면 두 발로 뛰어서라도 반드시 돌아가야 한다. 가서 이 일을 낱낱이 보고해라!"

그는 이미 죽음을 각오하고 있었다. 말 한마디 한마디에 비장함이 넘쳤다.

"부상자는 이곳에 버리고 간다."

작은 동요가 일었다. 그들은 열대여섯 명의 부상자를 데리고 있었던 것이다.

오늘 아침나절까지도 생생하게 살아서 서로 농담을 주고받던 동료들이었다. 길게는 수십 년을 동고동락한 형제 같은 자들 아닌가.

무명의 협곡에서 겨우 빠져나왔으나 크고 작은 부상 탓에 그들은 더 이상 싸울 수 없게 되었다.

그들을 버리라는 곽기의 명령이 야속하기만 하다.

"우리를 버려."

엄양이 건조한 음성으로 말했다.

"동료에게 짐이 되는 몸뚱이라면 내 몸이라고 해도 밉다."

"이봐, 엄 형……."

이곳까지 그를 끌고 온 이세명이 차마 말을 잇지 못했다. 엄양이 씁쓸하게 웃었다.

"내 한 목숨 나 혼자 살라고 있는 게 아니지. 동료들을 위해서라면 언제든지 기꺼이 내놓을 수 있어.”

“……..”

“부디 살아 돌아가기를 비네.”

그윽하게 이세명을 바라본 엄양이 발목에 차고 있던 단도를 꺼내더니 누가 말릴 새도 없이 제 목을 찔렀다.

“앗! 엄 형!”

예상치 못한 일에 이세명이 비명처럼 그의 이름을 불렀다.

엄양은 제 목에 꽂아 넣은 칼자루를 움켜쥔 채 천천히 쓰러졌다.

“부디 살아서 돌아가.”

다시 장칠이 단도를 꺼내 제 목을 찌르고 넘어졌으며, 나머지 부상자들도 조금의 망설임도 없이 그렇게 했다.

살아 있는 자들은 모두 외면했다. 악문 입술이 떨리고 뜨거운 눈물이 흘러내린다.

비릿한 피 냄새가 허공에 퍼졌다. 내 몸처럼 아끼고 사랑하는 동료의 주검이 남긴 향기다.

서른 명의 기마 무사는 터져 나오려는 울음을 애써 참으며 깊이깊이 숨을 들이마셨다.

제 가슴속에 동료들의 피 냄새를 가득 채워 넣는 것이다.


놈들이 움직인다. 대열을 정비하더니 일자로 길게 벌려 서기 시작했다. 한 번 부딪쳐서 끝내 버리겠다는 의도가 읽힌다.

곽기가 주먹으로 눈물을 훔쳤다.

"이제부터 우리는 없다. 오직 내 한 목숨만 생각해라."

그래야 한다는 걸 모두는 잘 알고 있었다. 그래서 더 비장해졌다.

한 사람이라도 무사히 살아서 지존보에 돌아가 이 일을 알려야 한다. 지금은 그게 가장 큰 임무였다.

누가 되었든 그 한 사람을 위해서 모두는 기꺼이 희생당할 각오를 했다.

"거창(擧槍)!"

곽기가 버럭 소리쳤다. 말고삐를 잡고 선 자들이 일제히 창을 세운다.

두두두두—

대열의 정비를 마친 적들이 지축을 울리며 돌진해 오기 시작했다. 길게 늘어 세운 철벽이 빠르게 다가오는 것 같다.

"가자!"

"와아아아!"

강호 최강의 전투력을 가졌다는 화천비룡대의 무사들. 일당백의 용맹을 자랑하는 그들이 한 덩어리로 뭉쳐서 잡목 언덕을 박차고 달려 내려갔다.

이제는 누구의 명령도 필요없다. 오직 앞만 보고 달려가 적을 뚫을 뿐이다.

세웠던 서른 자루의 창이 일제히 앞으로 향했을 때 검은 괴한의 무리는 오십 보 밖에 있었다.

일백 명씩 두 줄로 늘어선 대형이다.

뒷줄에 있던 자들이 벌떡 몸을 일으키는가 싶더니 활시위 튕기는 소리가 진동했다.

상대의 의표를 찌르는 기습적인 궁사다.

콰아아아—

그새 삼십 보로 좁혀진 공간을 곧게 가르고 강전이 날아왔다.

직사(直射)의 궁시(弓矢)는 곡사보다 배는 더 위력적인 법이다.

그것이 눈 깜짝할 새에 선두에 섰던 기병들을 꿰뚫었다.

퍼퍼퍼퍽!

요란한 소리.

온몸에 가득 화살이 박힌 채 고슴도치처럼 된 자들은, 그러나 말에서 굴러 떨어지지 않았다. 여전히 꼿꼿하게 선 채, 여전히 선두를 지키고 달려나간다.

뒤에 있는 동료를 지키려는 마음이 남아 제 죽음까지도 내던진 것이다.

그들은 방패가 되었고, 살아남은 자들은 드디어 선두의 적과 충돌했다.

쾅!

첫 창이 흑기병의 방패를 뚫고 가슴까지 뚫어버렸다. 그게 시작이었다.

"와아아아!"

스무 명의 함성이 천지에 진동했다. 웅장한 말발굽 소리마저 눌러 버린다.

비로소 제 몸을 화살받이로 삼았던 열 명이 말에서 굴러 떨어졌고, 주인을 잃은 말들이 구슬피 울며 흑기병의 전마에 머리를 부딪쳤다. 물어뜯는다.

겹겹이 에워싸고 파도처럼 밀려드는 자들.

온몸을 검은 옷으로 감싸고 얼굴마저 복면으로 가린 자들은 악착같았다.

기합이나 호통 소리도 없이 벙어리들처럼 입을 꽉 다물고 달려들 뿐이다.

그들의 칼이, 언월도가 허공에 피를 뿌렸다. 그러면 화천비룡대의 전사들도 이를 갈며 온몸으로 부딪쳤다.

맥없이 죽는 자가 없었다. 적어도 서너 명은 저승으로 끌고 간다.

그들의 칼이 그들을 악귀로 만들었다.

싸움에 나서서 한 번도 패배해 본 적이 없다는 화천비룡대.

그 명예를 위해서, 눈앞에서 스스로 목숨을 끊어 독려해 준 동지들을 위해서 그들은 생사를 잊고 싸웠다.

칼바람이 회오리치고, 으르렁거리는 말들의 울부짖음이

포성처럼 들린다.

서걱, 서걱 하고 몸뚱이가 베어져 나가는 끔찍한 소리. 쨍강거리는 금속음.

그러나 비명은 없었다. 죽이는 자도 죽는 자도 모두 이를 악물었다.

한마디의 고함이나 비명도 없는 싸움은 악몽처럼 끔찍했다.

저승사자들처럼 죽여도 죽여도 끝없이 밀려드는 흑무사들. 그들의 지독함에 치가 떨리면서도 화천비룡대의 전사들은 조금도 밀리지 않았다.

그리고 드디어 검은 장벽을 뚫었다.

피투성이가 된 곽기는 눈을 뜰 수가 없었다. 눈을 끔뻑일 때마다 비릿한 선혈이 흘러들었기 때문이다.

주위를 둘러보았다. 따르고 있는 자들은 고작 일곱 명. 다 죽었다.

"크흐흑!"

비통한 울음이 절로 터져 나왔다.

그러나 그는 슬퍼할 여유도 가질 수 없었다.

흑기병들을 간신히 뚫고 나왔는데, 이번에는 저 앞의 언덕에서 눈사태처럼 달려 내려오고 있는 흑무사들이 있었기 때문이다.

살아남은 자들을 돌아보았다. 성한 자가 없다. 과연 이들

중 한 명이라도 살아서 무사히 지존보로 돌아갈 수 있을까? 하는 의문이 들었다.

하지만 죽음으로 확인할 때까지는 희망을 버리지 않는다. 오직 싸우고 또 싸울 뿐이다.

뿌드득!

부서지도록 이를 간 곽기가 여전히 쩡쩡 울리는 음성으로 소리쳤다.

"가자!"

"와아아아!"

함성으로 화답하며 기세를 올려주는 부하들.

여덟 명이 한 덩어리가 되어 흑무사들을 향해 말을 달렸다. 그들의 뒤에서는 대열을 정비한 흑기병들이 무섭게 추격해 온다.

콰앙!

선두에 선 곽기의 말이 흑무사들이 세운 방패에 무릎을 부딪치고 고꾸라졌다. 곽기의 몸이 훌쩍 허공을 날아 그들 복판으로 떨어졌다.

그 다음부터는 백병전이다. 아우성치는 고함 소리가 머릿속을 멍하게 했다.

여덟 명의 전사는 떨어지지 않기 위해 애썼지만, 자신도 모르게 조금씩 사이가 벌어지고 있었다.

흑무사들은 잘 훈련되어 있었다. 구겸창을 적절히 활용해

말의 다리를 걸어 쓰러뜨렸고, 뭉쳐 있는 무리들을 갈라놓았
다.

누군지 오랜 세월 동안 공들여 이들을 훈련시켰을 것이다.
비밀을 유지하기 위해 심력을 소모했을 것이다.

'누굴까?'

또 한 명의 목을 쳐 날리며 곽기는 문득 그게 궁금해졌다.
그처럼 치밀하고 지독한 자가 누구인지 한 번 얼굴이라도 보
고 싶어졌다.

하지만 그의 생각은 거기까지였다.

꽈직!

갑주를 우그러뜨리며 처박히는 철퇴의 냉랭한 쇠 냄새를
맡았다. 자신의 죽음이 터뜨리는 냄새이기도 하다.

'끝이야.'

아무도 살아나지 못할 것이라는 생각은 더 이상 이어지지
못했다.

죽어가는 부하들의 비명 소리가 아득히 먼 곳에서 들려왔
다. 그리고 그것마저 사라져 깊고 깊은 침묵으로 덮여 버린
다.


피와 주검으로 참혹했던 벌판에 남은 건 오직 화천비룡대
의 전사들뿐이었다.

두려움없이, 삶에 대한 미련도 없이 오직 불굴의 투지로 제

생명을 아낌없이 태워서 재가 되어버린 용사들.

그들이 지금은 눈을 감지 못한 싸늘한 주검으로 버려져 있는 것이다.

그들보다 몇 배나 더 되던 흑무사들의 주검은 깨끗이 사라졌다. 아니, 벌판 한복판에서 맹렬하게 타오르고 있는 불길로 남았다.

무정하게도, 산 자들이 죽은 자와 부상을 입어 신음하는 동료들을 한곳에 모아놓고 흑유(黑油)를 뿌린 다음에 불을 붙여버린 것이다.

고통에 신음하고, 살려달라고 애원하는 동료들의 처절함을 끝내 외면한 저승사자들이다.

그리고 그들은 떠났다. 저 불길 속에 있는 게 내가 아니라는 걸 자랑스럽게 여겼을지도 모른다.

그렇게 흔적을 남기지 않고 썰물처럼 빠져나가 버린 자들.

검은 옷을 입고 검은 복면으로 얼굴을 가린 자들은 나타나서 떠날 때까지 복면을 벗지 않았고, 말도 하지 않았다. 누구인지 귀신도 알지 못할 것이다.

# 第十一章

## 내 운명의 주인은 나다

# 第十一章

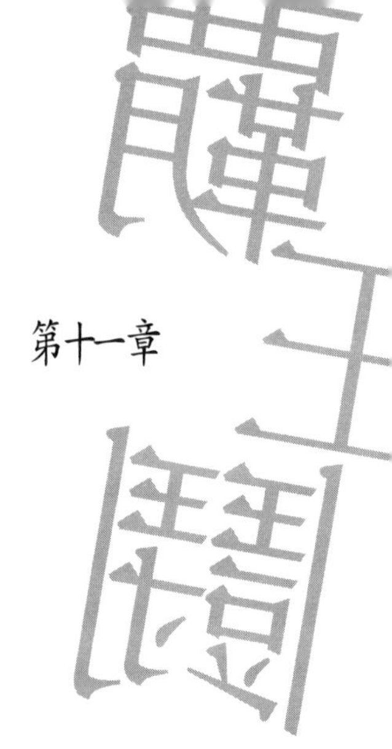

남은 자는 세 명. 참혹한 상황이었다.

멀쩡한 사람은 염가연뿐이었다.

류의 몸에는 몇 군데 상처가 나 있었다. 여기저기 옷이 찢겨져서 거친 몰골을 하고 있다.

류가 비록 부상을 입었으나 아직 활기를 지키고 있는 데 비해 단목향은 그렇지 못했다. 자신이 흘린 피와 적의 피로 흠뻑 젖은 그녀는 귀신처럼 흉측해져 있었다.

바닷가를 떠나 이곳에 오기까지 곽빙호가 이끄는 괴한들과 한차례의 싸움을 더 했고, 첫 번째 싸움에서 간신히 살아남았던 열세 명의 청년 검사는 그 두 번째의 싸움에서 모두 죽었다.

온실 속의 화초가 비바람을 견디지 못하듯, 그들은 더 견딜 만큼 끈질기지 못했던 것이다.

오십 명의 수하들과 함께 와서 겨우 혼자 살아남았다는 사실이 단목향을 절망하게 했다.

기련검파의 유일한 여제자이자 강호의 후기지수로 각광을 받았던 날들이 꿈처럼 여겨지기만 한다.

'내가 이것밖에 안 되었던가?

그런 의문이 들었다. 그러면서 류에 대한 놀라움이 더 커진다.

이제는 그를 바라보는 것조차 두려워졌다.

'그는 내가 생각했던 것보다 훨씬 더, 몇 배는 더 강한 존재다.'

여태까지 인정하고 싶지 않았던 그 사실을 인정할 수밖에 없었다.

싸움을 겪으면서 류는 점점 더 강해지고, 점점 더 잔혹해져 가기만 했던 것이다.

경이롭기까지 했다.

'그는 싸울수록 강해지는 존재다.'

단목향은 그렇게 정의했다.

그녀가 느낀 대로 류는 하루가 다르게 더욱 무서워지고 있었다.

미처 느끼지 못하고 있었던 구양진결상의 오묘한 부분들이 생과 사를 다투는 격전 속에서 하나둘 깨우쳐졌기 때문이다.

그리고 무엇보다 효과적으로 상대를 제압하는 싸움의 요령에 더욱 능숙해져 갔다.

류 자신도 자기의 그런 변화를 느끼고 있었다. 그래서 기쁜 한편 두려워지기도 했다. 자기 자신에 대한 두려움이다.

'도대체 구양진결의 끝은 어디란 말인가?

그런 의문이 들면서,

'나의 무예는 과연 어디까지 진보할 수 있을 것인가?

하는 의문도 들었다.

아무리 물을 퍼 올려도 바닥이 드러나지 않는 깊은 우물 같은 것.

구양진결은 그처럼 굉장한 비밀이었다. 알면 알수록 그 의미와 조화가 더욱 오묘해지고 깊어진다.

대체 이와 같은 것이 어디에서 나온 건지, 이와 같은 비결을 남겼다는 구양무존(九陽武尊) 곽부경(郭釜慶)은 어떤 존재인지 궁금해 미칠 지경이었다.

류의 눈에는 싸움이 시시하게만 보였다.

검기령 오십 명의 검사가 모두 피를 뿌리고 쓰러진 처절한 두 차례의 싸움이었지만 온통 시시하게만 여겨진다.

곽빙호를 빼고는 이렇다 할 상대를 만나지 못한 탓도 있었다.

정체를 알 수 없는 적들은 그저 파도처럼 계속해서 쳐들어 왔다가 썰물처럼 빠져나갔을 뿐, 곽빙호 같은 고수가 없었던 것이다.

차륜전 비슷한 그런 싸움에서 희생되는 자는 류 같은 사람이 아니다. 아직 전투나 전법에 익숙하지 못한 검기령의 청년 검사들일 수밖에 없었다.

그래서 그들은 전멸했고, 류는 몇 군데 검상을 입었지만 이처럼 멀쩡하게 살아 있다.

"그만큼 쉬었으면 충분하겠지? 이제 또 가자."

류가 엉덩이를 털었다.

겨우 거친 숨을 가라앉힌 단목향이 검을 지팡이 삼아 일어섰다. 비틀거린다.

"괜찮은 거냐?"

류가 다가가 부축하려 하자 표독스럽게 그 손을 뿌리쳤다.

"상관하지 마!"

류가 입맛을 다시고 물러섰다.

단목향이 그의 눈을 피하며 쓴웃음을 흘린다. 조금 전에는 독 오른 살쾡이처럼 표독하더니 금방 처연해졌다.

류는 그녀의 감정 상태가 불안하다는 걸 알았다. 극심한 긴장과 공포가 그녀를 그렇게 만들었으리라. 위험한 일이다.

류가 무심한 어조로 말했다.

"너는 빠져라."

"뭐라고?"

"다음번 싸움에서 너는 각주와 함께 쉬고 있으란 말이다."

류의 말에 단목향이 염가연을 바라보았다.

그녀는 무표정했다. 싸움이 시작된 이후 한 번도 얼굴에 표정을 드러낸 적이 없다.

눈앞에서 검기령의 청년 검사들이 참혹하게 죽어갈 때도 분노하는 기색이 없었다. 슬퍼하지도 않았다.

어떻게 보면 살고 죽는 것에 대한 집착을 버리고 초연해진 사람 같다. 그러나 달리 보면 이와 같은 일들을 바라고 있었다는 듯도 했다.

"대체 당신의 가슴속에 들어 있는 건 뭐지? 그 가슴을 쪼개고 들여다보고 싶어."

단목향이 매섭게 말했다.

조금의 존경심도 꺼려함도 없다.

각주를 대하는 일개 영주의 그것이라고는 믿을 수 없는 무례한 말이고 태도였지만 류도 염가연도 태연히 받아들였다.

무심한 염가연의 눈길. 그래서 더 화가 난 단목향이 함부로 소리쳤다.

"말해봐! 나는 이 지긋지긋한 곳을 떠날 거야. 그러니 지금밖에는 기회가 없어!"

염가연은 여전히 말을 하지 않았다. 무심한 그녀의 눈 속에 안타까움과 망설임이 스쳐 갔을 뿐이다.

단목향이 검을 들어 그런 염가연의 가슴을 가리키며 악을 썼다.

"나의 정랑을 죽인 게 너냐? 네가 그렇게 한 거지?"

대사형 정취경의 실종에 대한 억울함이 그녀의 분노에 더해졌다. 그래서 단목향은 이성을 잃은 듯 보였다.

염가연이 처음으로 반응했다. 조용히 고개를 가로저은 것이다. 그리고 처음으로 말했다.

"그는 나를 사랑했어."

"사랑했다고? 너를?"

"그래서 죽었다. 그것뿐이야."

"억!"

죽었다는 말에 단목향이 외마디 비명을 지르고 비틀거렸다.

염가연의 무심한 말이 거듭된다.

"남풍우도, 곽부성도, 위수량도……. 그전에도 더 있었지. 열 명쯤 될 거야. 그들은, 그들은…… 모두 나를 사랑했다. 그래서 죽었어."

"……."

정작 넋이 나가 있는 사람은 염가연 그녀였다. 류는 그녀의 무표정이 무심해서가 아니라 넋이 나가서였다는 걸 알았다.

헛소리를 하듯 중얼거리는 그녀의 눈에 초점이 없었다.

“나를 사랑하는 사람들은 모두 죽었어. 너의 정랑도 그랬던 거야. 흑—”

그녀가 두 손으로 얼굴을 감싸고 주저앉았다.

“그렇다면 누가? 누가 그렇게 했지?”

단목향이 입술을 악물어 터져 나오려는 울음을 참으며 물었다.

“나는, 나는…… 무서워. 나는 세상에 있어서는 안 돼.”

엉뚱한 소리. 염가연은 제가 무슨 말을 지껄이고 있는지도 모르는 것 같았다. 흐느끼며 중얼거린다.

“나는 떠나고 싶어. 하지만…… 떠날 수도 없잖아.”

단목향은 정취경이 죽었다는 말에 커다란 충격을 받고 멍해졌다.

“그렇다면, 그렇다면 그가, 그가…….”

염가연을 닮은 듯 넋을 잃고 중얼거린다. 그녀의 낯빛이 점점 죽은 사람처럼 창백해져 갔다.

염가연의 말을 듣는 동안 마음속에 어떤 짐작이 선 모양이었다.

그게 그녀를 놀라게 했다. 정신이 혼미해질 만큼 큰 놀람이다.

한동안 멍하니 서 있던 단목향이 품에서 영패를 꺼내 염가연의 발아래 내던졌다.

“나는 떠나겠어.”

이제는 말투마저 염가연처럼 무심해져 있다.

류가 영문을 모르겠다는 얼굴로 그녀를 바라보고 염가연을 바라보다가 말했다.

"대체 어떻게 된 거야? 무슨 일인데 그러지?"

"나는 떠나겠어. 이제는 정말 떠나야겠어."

"이봐, 영주. 정신 차려!"

류가 그녀의 어깨를 마구 흔들었다. 하지만 단목향의 멍한 눈길은 풀리지 않았다. 눈물마저 고여 있다.

그녀가 잠긴 음성으로 말했다.

"조심해. 너, 바보는 정말 조심해. 그녀에게 말려들면 내 정랑처럼 너도 죽게 될 거야. 내 말 명심해."

"……."

"가겠어."

단목향이 돌아섰다. 류와 염가연은 멍하니 그녀를 바라볼 뿐이다.

단목향은 뒤돌아보지 않았다. 검을 끌며 비틀거리는 걸음으로 천천히 언덕을 내려간다.

어디로 가겠다는 건지, 무엇을 하겠다는 건지 아무 말도 하지 않았다.

그렇게 그녀는 시야에서 멀어졌고, 언덕 위에는 죽음처럼 무거운 침묵이 가라앉았다.

제멋대로 지존보에서 등을 돌린다는 건 곧 배신이다. 천하가 아무리 넓다 한들 숨어 살 곳이 없다.

하지만 단목향은 개의치 않고 떠났다. 그녀의 의지가 비로소 그렇게 시킨 것이다.

류와 염가연은 제멋대로 떠나는 그녀를 말리지 못했다. 보이지 않을 때까지 그녀의 뒷모습을, 맥없이 처진 어깨를 한 채 서서히 멀어지는 그 모습을 바라보았을 뿐이다.

"쳇."

류가 주위를 돌아보고 혀를 찼다.

염가연은 처음부터 지금까지 아무런 도움이 되지 못했다. 그녀를 노리고 떨어지던 그 많은 칼과 화살을 류 혼자서 막아냈을 뿐, 그녀는 손가락 하나 까닥하지 않았던 것이다.

그녀는 마치, 누가 내 목을 쳐서 이 복잡한 상념들이 사라지게 해주었으면. 어떤 화살이든 내 가슴을 시원하게 뚫어주었으면 하고 바라기라도 하는 사람 같았다.

그리고 이제는 단목향마저 없다.

류는 결국 혼자 남겨진 거나 마찬가지였다.

잠깐 외롭다는 생각이 들었다. 하지만 감상에 젖어 있을 때가 아니었다. 살아 있을 때 한 발짝이라도 더 지존보에 가까이 다가가야 한다.

어깨를 으쓱한 그가 염가연에게 말했다.

"가자."

두 사람은 천천히 언덕을 내려갔다. 단목향이 사라진 곳과는 반대쪽이다.

두어 시진 지친 몸을 이끌고 걸어 또 다른 언덕에 올라섰을 때 다시 그들이 앞을 막아섰다. 세 번째다.

서쪽 하늘 끝에서 붉은 노을이 서서히 밀려드는 무렵이었다.

삼십여 명의 장한들. 순박한 농투성이 같은 얼굴을 했고, 해진 마의를 입었다. 여태까지 그랬다.

지난 두 차례의 싸움에서 악귀처럼 악착같이 달려들던 자들이 모두 그랬다.

곽빙호가 칼을 움켜쥐고 앞으로 나서더니 크게 소리쳤다.

"이봐, 네가 독갈자 류라는 놈이냐?"

이제야 류의 정체를 안 모양이었다.

류가 한 손을 번쩍 들어 흔들었다. 친밀한 감정을 표현하는 것 같다.

"알았으니 이제 네 이름을 말해봐."

"나는 곽빙호다."

"그래? 좋은 이름이다. 서로 통성명을 했으니까 됐지? 자, 와라. 이번에는 겁먹은 강아지처럼 도망치지 말고 반드시 승패를 가리자."

곽빙호가 낯을 찌푸렸다.

승패는 이미 갈렸다. 두 번의 싸움에서 거푸 자기가 패하여 도망치지 않았던가. 하지만 류는 그걸로 만족하지 않는 모양이라고 생각했다.

'놈은 반드시 죽고 사는 게 결판나야 비로소 만족하는 모양이군.'

그런 생각에 가슴이 서늘해졌다. 이건 저보다 몇 배는 더 지독하고 악착같은 놈이라는 생각이 든다.

곽빙호는 염가연을 호위하는 자가 독갈자 류라는 걸 뒤늦게 알게 된 일을 후회했다.

진작 알았다면 제 수하들만으로 들이쳤을 리가 없고, 그랬다면 피해를 최소화할 수도 있었다는 생각 때문이다.

지난 두 차례의 싸움에서 서른여섯 명의 수하를 잃었는데, 반 이상이 류 한 놈에게 당했다.

저놈만 없었다면 벌써 싸움을 끝내고 염가연을 손에 넣었을 거라는 생각에 이가 갈렸지만 이제는 선뜻 나서서 싸움을 걸 수도 없었다.

"타협을 하자."

곽빙호가 얼굴을 찡그리고 말했다. 하고 싶지 않은 말을 억지로 하는 티가 난다.

머리를 갸웃거린 류가 빙긋 웃었다.

"타협? 무슨 타협?"

"그녀를 넘겨라. 그러면 우리가 너를 지존보까지 안전하게 호위해서 데려다 주마."

"편하겠군."

"그렇지 않으면 별수없어, 끝장을 볼 때까지 싸울 수밖에."

생각하고 말고도 없다. 류가 즉각 대답했다.

"나는 그쪽이 마음에 들어. 자, 시작할까?"

아이들이 술래잡기를 하자고 말하는 것처럼 태연히 말한다.

곽빙호는 기가 막혔다.

"이봐, 네가 아무리 독갈자라고 해도 우리는 서른 명이다. 하지만 너는 혼자다."

"그래서?"

"게다가 저 계집을 지키기까지 해야 하잖아. 과연 너 혼자서 우리를 당해낼 수 있다고 믿는 건 아니겠지?"

"해봐, 해보면 알 거 아니냐?"

류는 여유가 있었다. 빙글빙글 웃기까지 하는 것이 오히려 곽빙호를 놀리고 있는 게 분명했다.

곽빙호가 이를 갈았다.

성질이 불같고 흉맹하기로 제남성중에서 이름을 날렸던 그다.

비록 제 신분과 실력을 숨긴 채 뒷골목의 두목으로 살았지만 타고난 성질마저 감추지는 못했던 것이다.

다른 때 같았으면 벌써 땅을 박차고 달려들어 끝장을 보았을 것이다.

그러나 상대가 독갈자로 불리는 류라는 것을 안 이상 함부
로 나설 수 없었다.

게다가 이미 두 차례나 그와 싸워서 낭패를 보지 않았던가.
이길 수 있다는 자신이 없다.

"끄응─"

곽빙호가 된 숨을 내쉬었다.

진작 이놈이 있었다는 걸 알았다면 황문걸도 가볍게 생각
하지 않았을 거라는 후회만 커진다. 두 번의 싸움을 치르고
나서야 겨우 짐작할 수 있었던 게 분하기만 했다.

"뭘 망설입니까? 그냥 조져 버리지요?"

아무것도 모르는 수하가 뒤에서 채근했다.

그놈은 새로 충원되어 온 자다. 류가 싸우는 걸 보지 못했
으니 그의 무서움을 모른다. 그저 느물거리는 백천수호대의
애송이 검사로 보일 뿐인 것이다.

그런 류에게 철골야차로 불리는 곽빙호가 겁을 먹고 있는
것 같으니 이해할 수 없으리라.

혀를 차는 수하를 매섭게 노려본 곽빙호가 소리쳤다.

"기다린다!"

"쳇, 시시한 놈들이군."

투덜거린 류가 철푸덕 주저앉았다. 염가연의 손을 잡아끌
어 곁에 눌러 앉힌다.

"조금 있다가 시작할 모양이다. 그러니 푹 쉬자."

염가연의 얼굴은 이제 밤처럼 어두워져 있었다.

"죽는 게 두려운 거냐?"

류의 물음에 그녀가 멍한 눈길을 보내왔다. 류가 피식 웃었다.

"누구나 죽어. 칼 맞아 죽지 않더라도 병들어서 죽고 늙어서 죽는다."

"무슨……."

"일찍 죽느냐 늦게 죽느냐의 차이가 있을 뿐이라는 얘기야. 그러니 죽는 걸 두려워할 건 없지."

억지스런 말이다. 염가연이 피식 웃고 외면했다.

"하지만 말이다, 언제 어디서 어떻게 죽느냐 하는 건 생각할 필요가 있어. 그건 내가 정할 수 있는 거니까."

"……!"

"어쩔 수 없이 받아들여야 하는 일보다 내가 내 의지로 정할 수 있는 일이 언제나 가치있는 거 아니겠어?"

멍하던 염가연의 눈에 조금씩 생기가 감돌았다.

"어쩌면 여기서 죽을지도 몰라."

"차라리 그랬으면 좋겠어."

"바보 같은 소리!"

그녀의 맥없는 말에 류가 정색을 하고 꾸짖었다.

"맥없이 운명의 손에 목숨을 맡기고 있는 건 바보 같은 짓이지. 그건 운명이라는 놈에게 항복하는 거나 같거든."

“운명…….”

염가연이 들릴 듯 말 듯 따라 했다. 힘이 하나도 실려 있지 않은 중얼거림이다.

류가 크게 머리를 끄덕이고 근엄한 얼굴을 한 채 선언하듯 말했다.

“내가 죽을 때와 장소는 내가 정한다. 이게 멋진 거야.”

염가연도 보일 듯 말 듯 머리를 끄덕였다. 그녀의 얼굴이 조금씩 생기를 띠어간다.

류가 다시 말했다.

“어떻게 죽을 건지 너도 네 의지로 결정해. 아니면 운명에 순종하고 그저 살던가.”

“나는…… 순종하지 않겠어.”

떨리는 말속에 비로소 어떤 결연한 의지가 엿보였다. 그래서 류는 만족했다.

그가 대견하다는 듯 염가연의 작은 어깨를 안고 흔들어주었다.

“그래, 그게 사람처럼 사는 거야.”

그 말에 용기를 얻은 것일까? 염가연이 마구 머리를 끄덕이며 소리쳤다.

“내 죽음은 내가 결정하겠어!”

그녀의 등을 두드려 준 류가 벌떡 일어났다.

언덕 아래에 진을 치고 있는 무리들을 본 것이다. 거기 새로운 사람 세 명이 찾아와 있었다.

곽빙호의 무리는 그들이 도착하기를 기다리고 있었던 모양이다.

중년의 사내들이었다. 곽빙호의 무리와는 달리 깨끗한 장삼을 입었고, 얼굴빛이 하얗다.

곽빙호의 무리가 뙤약볕 아래 농사를 짓는 자들 같다면, 새로 나타난 세 명의 중년인은 그들을 부리는 지주 같았다.

가만히 그들을 살펴보던 류가 희미한 웃음을 띠었다. 염가연에게 속삭인다.

"너는 나에게 무엇을 줄 수 있지?"

"……?"

"나는 벌써 여러 차례 목숨을 걸고 너를 지켜주었다. 너도뭔가 대가를 치러야 하지 않겠어?"

"원하는 걸 가져가."

무감정한 음성.

그녀의 눈을 마주 보면서 류는 불끈 욕정이 솟구치는 걸 느꼈다.

엉뚱한 때에, 엉뚱한 곳에서, 엉뚱하게 찾아든 짐승 같은충동이다.

아니, 지금 류가 불러일으키고 있는 투지와 전의(戰意)의다른 모습인지도 모른다.

류는 적들이 지켜보는 이곳에서, 저 노을빛 같은 죽음의 냄새가 맡아지는 이 언덕 위에서 당장 그녀를 범하고 싶었다.

죽고 사는 걸 잊고 싸움에 몰입하듯, 이 노을과 바람과 비 릿한 죽음의 냄새 앞에서 모든 걸 잊고 그녀의 몸에 빠져들고 싶었다.

'벗어' 라고 말하고 싶다.

"후우—"

뜨거운 숨을 불어내 마음속의 충동을 가라앉힌 류가 탁해 진 음성으로 말했다.

"이번 싸움이 끝나면 나에게 네가 가지고 있는 비밀을 말 해줘."

"……."

"그렇게 하는 거다."

결정되었다는 듯 류가 그녀를 등 뒤에 두고 섰다. 새롭게 등장한 세 명의 중년인이 다가오고 있었던 것이다.

천천히 언덕 위로 올라온 그들이 어깨를 나란히 하고 류를 마주하여 섰다.

가까이에서 보자 출중한 기도가 느껴진다. 이글거리는 눈 빛이 예사롭지 않은 자들.

"네가 독갈자 류라고?"

"너는 뭐지?"

거침없는 류의 말에 눈살을 찌푸렸던 가운데 중년인이 말 했다.

"너를 저승으로 보내줄 어른이라고만 알아둬라."

류가 그들이 한때 강호에 쟁쟁하게 이름을 떨쳤던 흑도의 고수들이라는 걸 알 리가 없다.

가운데 쥐수염의 중년인이 첫째인 호두철권(虎頭鐵圈) 양필운(楊必韻)이고, 그 왼쪽의 키 큰 중년인이 둘째인 진천쌍검(振天雙劍) 조승우(趙承宇)이며, 오른쪽의 매부리코가 셋째인 귀명음조(鬼鳴陰爪) 서봉한(徐奉漢)이다.

뒤늦게 독갈자 류가 여기 있다는 소식을 듣고 그들 세 명의 고수가 달려온 것이다.

호두철권 양필운이 류를 노려보며 천천히 말했다.

"네가 흑룡장에서 혈수병마 백무향을 죽인 그 류라는 놈이냐?"

"몇 놈 더 죽였지."

"죽일 놈."

아무렇지도 않은 듯 말하는 류에 대한 분노가 솟구친 양필운이 이를 갈았다.

류는 그들 세 사람의 심상치 않은 기세를 느끼면서 이자들이 백무향과 잘 아는 사이라는 걸 짐작했다. 그렇기 때문에 복수심에 불타 있는 것이다.

백무향은 특이한 분위기를 지닌 자였고, 힘겹게 싸웠던 고수이기에 류의 머릿속에도 각인되어 있었다.

류는 백무향이 의외로 강호에 많은 친구들을 두었던 모양이라고 생각했다. 보기와는 다르게 제법 영향력이 있는 마두였던 것이다.

그건 그에게 친화력이 있었다는 증거가 된다. 그렇다면 백무향은 마두라고 부르기에는 어딘지 어울리지 않는 구석이 있다.

류가 그런 생각을 하고 있을 때 철거덕거리는 쇳소리가 났다. 귀에 거슬린다.

바라보니 매부리코가 품에서 시커먼 빛깔의 철조(鐵爪)를 꺼내 두 손에 끼우고 있었다.

길이가 반 자쯤 되는 열 개의 쇠 손가락이 거무튀튀하고 음랭한 빛을 띠고 번쩍였다.

찍고 붙잡으며 할퀴고 찢는 걸 주로 하는 기병(奇兵)이다.

둘째인 진천쌍검 조승우는 두 자루의 짧은 검을 뽑아 들었다.

햇빛을 튕기며 번쩍이는 검신이 예사롭지 않은 보검이라는 걸 알게 해주었다.

첫째인 호두철권 양필운은 호랑이 머리 모양의 둥근 철권(鐵圈)을 왼손에 끼고 오른손에는 한 자루 작은 도끼를 들었다.

그것 역시 처음 보는 병장기인지라 류는 호기심으로 눈을 반짝였다.

"쳐라!"

양필운이 고함을 치며 와락 달려들자 조승우와 서봉한도 지체하지 않고 좌우에서 류를 협공했다.

그들 세 사람은 근접전이 장기인 게 틀림없었다. 사용하는 병장기들이 모두 단병(短兵)이라는 데에서 알 수 있다.

류는 이번 싸움이 마지막이라는 걸 알았다. 그렇다면 속전 속결로 끝내는 게 가장 좋다. 그래야만 이번 음모를 주재한 자에게 강력한 경고를 해줄 수 있고, 이자들의 기세를 완전히 꺾어놓을 수 있다.

마음을 정한 류가 망설임없이 그들의 권역 속으로 뛰어들 었다.

염가연이 무방비 상태로 서 있건만 세 사람은 그녀에게 눈 길조차 주지 않았다. 오직 류를 상대하는 데 조금의 틈도 보 이지 않고 전력을 다했다.

류의 명성이 이미 무림에 크게 알려졌고, 그와 싸워본 곽 빙호로부터 그 무서움을 잘 들은 터라 경계심을 가진 것이 다.

류 또한 박투를 주로 하는 자였으므로 그들 네 사람의 싸움 은 서로 가슴을 댈 듯 달라붙은 채 이루어졌다.

아차, 하는 순간에 목숨이 달아나는 흉악한 싸움인 것이다.

숨을 쉴 새도, 곁눈질할 정신도 없다.

쉭쉭거리며 오가는 병장기와 류의 권각이 아슬아슬한 틈 을 두고 엇갈리기를 거듭했다.

꽝!

류의 팔꿈치 일격을 호두권으로 막아낸 양필운이 놀라서 주춤거렸다.

'이놈이?'

호두권을 끼워 잡고 있는 왼손이 어깨마저 마비될 정도로 얼얼했던 것이다. 그는 미처 오른손의 도끼를 내리찍을 엄두도 내지 못했다.

그새 팽이처럼 맴돈 류가 손을 엇갈렸다가 힘껏 뿌렸다. 류의 목과 옆구리를 동시에 노리고 찔렀던 조승우의 두 자루 짧은 검이 류의 수도에 맞았다.

쨍!

날카로운 소리와 함께 그것들이 부러질 듯 휘며 윙윙거리고 튕겨 나갔다.

양필운처럼 조승우도 크게 놀랐다. 자칫 검을 놓칠 뻔했던 것이다. 호구가 찢어지는 것처럼 아프다.

탕!

또 한 차례 둔탁한 소리가 터져 나왔다. 이번에는 셋째 서봉한에게서다. 상하로 나누어 얼굴과 배를 찌르고 할퀴려던 그의 철조들이 쩔그렁거리며 떨렸다. 류의 무릎이 아랫배를 노리던 철조를 쳐올렸고, 수도가 비스듬히 얼굴을 덮어오던 그것을 찍은 것이다.

서봉한이 끼고 있는 쇠 손가락보다 류의 살과 뼈로 된 열

손가락이 더 단단하고 날카로워 보였다.

휙—

아차, 하는 사이에 그 날카로운 손가락들이 두 눈을 찔러온다. 서봉한이 크게 놀라 '엇!' 하는 단말마를 터뜨리며 급히 물러섰다. 그러자 세 사람의 협공에 커다란 틈이 생기고 말았다.

"이핫!"

기선을 잡은 류가 짧고 격한 기합성을 터뜨렸다.

두 손으로 크게 원을 그리며 온몸을 가리자 거대한 기운이 해일처럼 일어서 그를 덮었다.

후우웅—

높은 놀처럼 일렁이는 기파의 회오리.

그 앞에서 양필운과 조승우, 서봉한 세 사람은 감히 한 걸음도 앞으로 나가지 못하고 주춤거렸다.

류는 다시 제 몸을 중심으로 한 반 장의 공간을 지배했다. 바닷가 우성촌의 방풍림 앞에서 맥량산의 산적들을 상대로 처음 그것을 시험했을 때와는 비교할 수 없이 질기고 촘촘해진 거미줄이다.

보이지 않는 그것이 류의 몸을 축으로 삼아 방사선을 그리고 뻗어나갔다. 그것에 걸리는 것은 무엇이든 류의 밥이 된다.

류의 한층 예민해진 촉각이 날줄과 씨줄에 와 닿는 바람 한

올도 놓치지 않았다.

"차핫!"

알 수 없는 기운을 느끼고 주춤했던 세 사람이 동시에 소리치며 달려들었다. 반발심이고 호승심이었다.

맹렬하고 빠르게 움직였던 류의 몸이 전혀 다른 기세를 띠고 반응했다. 봄바람처럼 부드럽고 대기처럼 두텁다.

싯!

짧은 파공성과 함께 모아 쥔 그의 손가락 끝이 먹이를 찍는 닭의 부리처럼 정면의 양필운을 쪼았다. 봉황점두(鳳凰點頭)의 초식 같기도 한 날카로운 수법이다.

"얍!"

양필운이 크게 호기를 부리며 그것을 무시하고 도끼를 내려쳤다. 류의 어깨를 노린다.

그 순간 류가 재빨리 반걸음 물러서며 몸을 돌렸다. 영악한 독거미가 필사적으로 반항하는 사마귀를 잠시 피하는 형상이었다.

양필운을 버린 그가 이번에는 왼쪽의 서봉한에게로 향했다.

파라락!

옷자락 날리는 소리가 들리더니 그의 두 손이 막 철조를 떨치려던 서봉한의 두 팔목을 꽉 움켜쥐었다.

양필운을 노리던 그가 갑자기 돌아서서 반격해 온 것이었으므로, 류의 등을 노리던 서봉한은 미처 철조를 거두지 못했다.

뿌드득!

뼈가 으스러지는 소리.

"끄아악!"

서봉한의 입에서 처음으로 참혹한 비명이 터져 나왔다.

그의 두 팔목은 류의 억센 손 안에서 납작하게 눌려 흐느적거렸고, 철조는 덧없이 땅에 떨어졌다.

빠악!

고통으로 눈을 부릅뜨고 물러나는 서봉한의 턱에 류의 팔꿈치가 틀어박혔다.

서봉한은 이제 비명도 지르지 못했다. 반쪽이 푹 꺼져 버려 이상해진 머리통을 건들거리며 일 장이나 날려가 처박혔다.

슈우우—

류의 몸에서 기이한 울림이 흘러나온 것 같았다. 그리고 왼쪽 손목을 뚫고 나오는 것처럼 쏟아지는 창백한 빛 한줄기.

그것이 곧장 조승우의 검을 향해 뻗어나갔다.

창!

가볍고 경쾌한 소리가 났다.

"으헛!"

조승우가 비명을 지르며 펄쩍 뛰어 물러섰다. 뱀을 밟고 놀란 사람 같다.

그의 손에는 그가 자랑하던 쌍검이 없었다. 자루만 남긴 채 매끈하게 잘려 허공을 나는 두 자루의 검편. 그리고 뼈까지 잘라져 훤히 속이 드러난 제 가슴을 본다.

"끄으으─"

조승우가 기묘한 신음을 흘리며 풀썩 주저앉았다. 비로소 콸콸거리고 검붉은 피가 쏟아져 나와 벌어진 그의 가슴을 뒤덮었다.

놀라고 있을 새가 없다.

휙, 돌아선 류의 손에서 흰 빛이 번쩍, 하고 빛났다. 양필운이 본능적으로 호두권을 들어 그것을 막았다. 그리고 동시에 '으악!' 하는 비명을 터뜨렸다.

픽! 하는 가벼운 소리가 들리더니 무쇠의 호두구를 뚫고 들어온 단검 한 자루가 손목 깊숙이 박혀 버린 것이다.

'이럴 수가……?'

양필운의 생각은 이어지지 못했다. 바람처럼 다가온 류의 주먹이 그의 얼굴을 직격(直擊)했기 때문이다.

빡!

단단한 뼈가 박살 나는 끔찍한 기음이 양필운의 머릿속에 울렸다.

순식간의 일이었다. 네 사람이 한데 뒤엉킨 것 같더니 번쩍이는 빛이 몇 번 허공을 갈랐고, 몇 마디의 비명이 울렸다. 그리고 우뚝 서 있는 건 류 한 사람뿐이었다.

그가 천천히 머리통이 없어져 버린 양필운의 손목에서 단검을 뽑았다. 전왕 섭철곤에게서 받은 보검 중의 보검, 비연쌍검(飛燕雙劍) 중 음검(陰劍)인 연검(燕劍)이었다.

第十二章

네가 아니라
내가 원할 때 한다

# 第十二章

달빛이 부드럽게 흐른다. 바람은 잔잔하고 말라가는 풀잎의 서걱거리는 냄새가 낮게 가라앉았다.

차고 부드럽게 흐르는 물속에 몸을 담그고 류는 지난 하루의 격정과 살의와 흥분을 깨끗이 씻어냈다.

개울가의 둔덕 위에는 염가연이 앉아 있었다. 찬 물을 바라본다. 그리고 알몸을 부끄러워하지 않고 피와 땀을 씻어내고 있는 류를 바라본다.

"그놈들 말이야, 웃기는 놈들 아니야?"

물을 철벅이던 류가 불쑥 말했다.

"……?"

"곽빙호라고 했던가? 엉뚱한 놈이야. 생각할수록 그래."

초빙해 온 세 고수를 단번에 죽여 버리고 느긋하게 바라보는 류 앞에서 그놈들은 고양이 앞에 내몰린 쥐새끼들처럼 꼼짝하지 못했다.

류가 염가연의 손을 잡고 언덕을 내려와 천천히 다가갔고, 곽빙호는 더 이상 그를 가로막지 않았다.

"반드시 다시 만나게 될 거다."

"만나면?"

류가 빙긋 웃자 곽빙호가 한 걸음 물러섰다. 얼굴에 분노와 두려움이 가득했다.

그가 이를 악물고 떨리는 음성으로 말했다.

"그때는, 그때는 지금처럼 이렇게 보내주지 않겠다."

"죽이겠다고?"

"……."

"그때까지 기다릴 게 뭐 있어? 자, 지금 하자. 여기서."

류는 조금도 망설이지 않았다. 곧 들이칠 듯 어깨를 움찔거리자 곽빙호가 재빨리 서너 걸음 더 물러섰다. 그리고 이끌고 왔던 수하들에게 신경질적으로 소리쳤다.

"돌아가자!"

그때의 일을 생각하던 류가 빙긋 웃었다.

"살쾡이처럼 거친 놈이 참을 줄도, 달아나야 할 때도 안다. 영리한 놈이야. 그런 놈이 제일 골치 아프지."

묵묵히 듣고만 있던 염가연이 낮게 말했다.

"우리, 얘기 좀 해요."

"뭘? 지금 하고 있잖아."

"우리 얘기를 하자는 거예요."

"그럼 해봐."

"지존보로 돌아갈 건가요?"

"아니면?"

"우리도 단목 영주처럼 멀리 달아나 버리면……."

"왜?"

류가 알 수 없다는 얼굴로 그녀를 바라보았다. 염가연이 처연하게 웃었다. 달빛에 반짝이는 눈물이 보석처럼 볼에 매달려 있다.

"지존보로 돌아가고 싶지 않아? 어째서?"

"바보."

그녀가 입술을 깨물었다. 단목향이 그랬듯이 바보라고 말한다. 류가 풀썩 웃었다.

"그런 바보에게 의지하고 있는 너는 그럼 뭐냐?"

염가연이 발딱 일어섰다. 류를 노려보더니 천천히 제 옷을 벗기 시작했다.

"너, 너…… 지금 뭘 하는 거야?"

“보고 싶다고 했었지?”

“……!”

황룡문에서의 일이다. 그녀는 벗으라고 명령했고, 류는 그녀 앞에서 제 옷을 벗어 보여야 했다.

“내가 스스로 벗는 모습을 보고야 말겠다고 했잖아? 자, 봐.”

“이봐, 그러지 마.”

류가 급히 손을 저었지만 염가연은 멈추지 않았다.

하나둘, 그녀의 몸을 가리고 있던 것들이 발아래 떨어졌다.

은은한 달빛 아래 드러나는 그녀의 몸이 얼음처럼 반짝인다. 속옷을 벗고, 마지막 고의까지도 벗어버린다. 그리고 완전한 나신이 되어 둔덕의 마른풀 속에 우뚝 섰다.

눈이 부시다. 머릿속이 멍해지고 온몸이 뜨거워진다.

“꿀꺽!”

류가 저도 모르게 침을 삼켰다. 마른풀 속에 솟아나듯 서 있는 그녀의 몸에서 눈을 뗄 수가 없었다.

굳어버린 듯 서 있던 염가연이 천천히, 조심스럽게 개울로 내려오기 시작했다. 달빛 아래 그녀의 나신이 안개처럼 움직인다.

류는 질끈 눈을 감아버렸다.

찰박거리는 물소리.

온몸에 소름이 돋게 하는 차가운 물이다. 염가연의 나신이 그 물속으로 들어왔다. 드디어 허리까지 잠기고, 류 앞에 떨며 섰다.

입술이 새파랗게 질렸다. 이를 딱딱 부딪치며 두 손으로 제 가슴을 안은 채 류 앞에 서서 바라본다.

"이런이런, 너야말로 바보다."

류가 그녀의 어깨를 끌어당겼다. 무너지듯 품에 안기는 매끄러운 몸. 소름이 돋아 있었다.

그녀의 몸을 꽉 끌어안은 류가 등을 쓸어주었다. 그래도 가을 밤, 차가운 물의 한기를 가시게 할 수는 없다. 바들바들 떨며 안겨 있는 염가연의 몸이 더욱 애처로웠다.

"나를, 나를…… 가져."

그녀가 이를 딱딱 부딪치며 겨우 그렇게 말했다.

"응?"

류는 등을 쓸어주던 손을 멈추고 눈을 크게 떴다.

"지금, 여기서 해. 나를…… 가져."

"무슨 소리를 하는 거야?"

"네가 말했지? 스스로 결정하는 게 가치있다고."

"죽는 걸 말한 거지."

"나는 지금 죽고 싶은 거야."

"뭐라고?"

"내 지나온 시간들을, 끔찍했던 기억들을 모두 죽이려는 거야. 바로 지금, 여기서."

“……!”

“내 의지야. 내가 그렇게 결정했어. 그러니 망설이지 말고 나를 가져.”

“이런 바보, 멍청…… 흡!”

류가 숨을 들이켰다. 염가연이 와락 그의 목을 끌어당기고 매달리며 입술을 덮어버린 것이다.

오돌토돌 소름이 돋은 채 떨고 있는 몸과는 달리 그녀의 입술은 불덩이처럼 뜨거웠다. 빨갛게 달구어진 숯불 하나가 갑자기 입술에 닿은 것 같아서 류는 깜짝 놀라고 말았다.

그녀의 뜨겁고 매끄러운 혀가 입 안으로 미끄러져 들어왔다. 류는 눈을 부릅뜬 채 숨도 쉬지 못했다.

더욱 격정적으로 매달리는 부드럽고 탄력있는 나신. 류가 천천히 눈을 감았다. 비로소 음미한다.

그의 한 손이 그녀의 등을 쓸며 미끄러져 물뱀처럼 차가운 물속으로 스며들었다. 그녀의 도톰하고 단단한 엉덩이를 꽉 쥔다. 염가연이 부르르 떨었다.

“이제, 이제 됐지? 나를…… 가질 수 있지?”

비로소 입술을 뗀 그녀가 헐떡이며 물었다. 류의 두 손은 어느덧 그녀의 엉덩이를 강하게 누르고 있었다. 배와 배가 하나인 것처럼 달라붙어 버렸다.

아편에 취한 사람들처럼 그들은 물속의 추위도 잊었다.

“왜, 왜 이러는 거지? 갑자기 왜?”

류가 헐떡이며 물었다. 염가연이 그의 목덜미에 뜨거운 숨을 불어냈다.

"복수하는 거야."

"뭐라고?"

"그는, 그는 나를 원해. 하지만 용기가 없지. 나쁜 자식. 그래서 지금 나를 죽여 버리려는 거야. 제발 그렇게 해줘. 영영 그가 나를 가질 수 없도록 말이야."

그녀의 엉덩이를 쓸고 누르던 류의 손이 뚝, 멎었다. 온몸이 나무토막처럼 딱딱해진다.

"왜?"

염가연이 뜨거워진 눈을 크게 뜨고 그를 바라보았다. 싸늘한 류의 눈이 이마 위에 있다.

"나와!"

류가 거칠게 그녀의 손을 끌고 첨벙거리며 물 밖으로 끌어냈다.

아무렇게나 그녀의 옷을 집어 던져 주고 훌훌 제 옷을 입는다.

"지금 원한다면 네 머리통을 박살 내주지. 하지만 이건 아니다."

"……."

"나를 이용하려고 하지 마."

"흑―"

염가연이 쪼그리고 앉아 옷으로 몸을 가린 채 울음을 터뜨렸다. 하지만 류의 말은 무정하기만 했다.

"정 네 몸뚱이를 내던지고 싶다면 거리의 아무 놈이나 붙잡고 그렇게 해라. 하지만 나는 아니야."

염가연이 파랗게 언 입술을 악물었다. 제 귀를 막고 싶지만 그녀는 꼼짝하지 못했다.

옷을 다 입은 류가 그녀를 내려다보았다. 저 물보다 차갑게 가라앉은 눈길이다. 그리고 그보다 더 차가운 음성을 툭, 툭, 내던졌다.

"네가 아니라 내가 원할 때 하겠어."

*　　　*　　　*

그들은 묵묵히 어두운 벌판을 걸어 동하진(東河津)에 도착했다. 배를 타고 황하를 거슬러 올라가 백강구(白堽口)에 내리면 지존보의 턱밑이다.

허름한 여각에 들어 퀴퀴한 냄새가 배어 있는 침상에 나란히 누웠는데 잠이 오지 않았다.

류의 팔을 베고 있던 염가연의 뺨을 타고 눈물이 흘러내렸다. 류가 제 팔을 적시는 그것을 느끼며 말했다.

"믿을 수 없어."

"그러니까 달아나."

“아니, 그건 비겁한 짓이지.”

“나를 데리고 어디로든 가.”

“말했지? 내가 원할 때 한다고.”

“나를 지켜주겠다고 약속했잖아?”

“그래서 이렇게 네 곁에 꼼짝하지 못하고 붙어 있다. 뭐가 더 필요한 거야?”

“바보.”

“흥!”

그녀에게서 팔을 뺀 류가 토라진 사람처럼 돌아누웠다. 완고한 등이다. 이불을 끌어 올리며 염가연은 남몰래 한숨을 쉬었다.

내일 오후에는 지존보에 도착할 수 있다. 아니, 그전에 지존보에서 나온 무사들을 만나게 될 것이다. 지금쯤 지존보에서는 난리가 났을 테니까.

그녀의 말처럼 기회는 지금뿐일지 모른다. 하지만 류는 단목향이 한 것처럼 그렇게 달아나고 싶지 않았다.

‘믿을 수 없어.’

그녀의 말을 차라리 듣지 말았어야 한다고 생각했다.


“그는 나를 사랑해. 하지만 나를 가질 용기가 없지. 그는, 그는…… 비겁해.”

“네가 잘못 알았을 거야.”

"용기 대신 그에게는 질투심이 있어. 그건 세상이 그에 대해서 알고 있는 그 어떤 것보다 무섭고 강해. 그래서 그는 죽여."

"너에게 연정을 품은 자들을 말이지?"

"그가 왜 비겁한지 알아? 그 일마저 제 손으로 하지 않기 때문이지. 분노는 제가 느끼고, 질투는 제가 하면서 더러운 일은 남에게 시켜. 감쪽같이 그런 일을 해주는 자가 그의 곁에는 있어. 한 번도 보지 못했지만 나는 알 수 있지."

"귀령이로군."

"너도 이미 그의 존재를 알고 있구나?"

"왜 달아나지 않지?"

"그가 보내주지 않으니까."

"그만큼 너를 사랑하는 거겠지."

"사랑이라고? 뭘? 바보 같은 소리 하지 마. 그가 원하는 건 내가 아니야. 그가 원하는 건 한 송이의 꽃일 뿐이지. 세상에서 하나밖에 없는 꽃. 그 꽃을 다른 사람이 엿보는 것도, 그 꽃이 다른 사람에게 제 향기를 나누어주는 것도, 그 꽃이 시들어 죽어버리는 것도 그는 원하지 않아. 나는 정말 죽어버리고 싶어."


'그럴 리가 없다.'

귓전에 남아 윙윙거리는 염가연의 말들을 애써 떨쳐 버리며 류는 다시 한 번 그럴 리 없다고 자기 자신에게 확인시켰다.

조작량이, 무존으로 불리는 절대자가, 아버지를 생각나게 해주던 그 따뜻한 사람이 어찌 그럴 수 있을 것인가.

류는 저의 꿈을 깨뜨리고 싶지 않았다. 저의 믿음을 스스로 부정할 수 없는 것이다.

아버지를 잃었을 때 처음으로 지울 수 없는 고통을 맛보았다.

사부와 사저, 사형들을 잃었을 때 두 번째 고통을 맛보았다.

이제 또다시 그와 같은 고통은 맛보고 싶지 않았다.

조작량은 지존보의 보주라는 존재를 넘어서 류가 다다르고 싶어하는 절대적인 무엇이었다.

무신.

그는 류의 가슴속에서 그런 이름으로 커다랗게 자리 잡고 있었다. 내가 지향해야 할 궁극의 목적. 거기에 우뚝 서 있는 표상이었던 것이다.

그런데 살인마라니, 그런데 한낱 어린 여자에게 빠져 질투에 눈먼 늙은이로 변했다니…….

그가 정말 그런 존재라면 어째서 백도의 그 많은 명사들과 명문정파의 그 많은 협의지사들이 그를 숭배하고 따를 것인가.

그래서 류는 염가연을 의심할 수밖에 없었다.

그녀가 또 다른 음흉한 비밀을 감추고 있다고 믿었다.

여전히 돌아누운 채 그가 말했다.

"그래서 너는 음모를 꾸민 거로군."

대답이 없다.

"황룡문에서 나를 끌고 복주산으로 간 것도 그런 이유였어."

"……."

"그것도 모르고 나는 흑룡장의 무리가 나쁘다고 여겼다. 한 점의 거리낌도 없이 그들을 죽였지."

"……."

"그리고 이번에는 바다를 보겠다는 핑계로 오십 명이나 되는 검기령의 청년들을 사지로 끌어들였다."

류가 홱, 돌아누웠다. 그녀는 눈을 꼭 감고 있었다.

차갑게 굳어 있는 그녀의 옆얼굴. 아름답다. 하지만 이제는 더 이상 고결하게 느껴지지 않았다.

"말해봐."

그러나 염가연은 여전히 침묵할 뿐이었다. 속눈썹이 파르르 떨렸다.

"무엇 때문에 그처럼 잔인한 짓을 한 거지? 네 말이 사실이라고 쳐. 하지만 지금 네가 한 짓과 보주의 행위 사이에 다른 점이 뭐지? 너는 보주를 잔인하다고 말하지만 너 또한 그에 못지않다. 아니, 더할지도 몰라."

"바보."

“시끄러워!”

류가 소리치고 뛰어 일어났다.

탁자로 가 술병을 집어 들었다. 독한 화주가 아직 반쯤 남아 있다.

꿀꺽, 꿀꺽.

숨도 쉬지 않고 들이켰지만 가슴속의 답답함은 가시지 않았다. 열기가 더욱 솟구쳐 올라올 뿐이다.

“너……”

신경질적으로 염가연을 가리키던 그가 멈칫했다.

똑똑—

누군가 문을 두드렸다.

무섭게 염가연을 노려본 그가 왈칵, 문을 열었다.

시커먼 그림자 하나가 버티고 서서 내려다본다.

“정말 살아 있었네?”

씩, 웃는 그자의 흰 이빨이 어둠 속에서 차갑게 번쩍였다.

“당신, 당신은……?”

뜻밖의 일이다. 당황한 류가 할 말을 잃고 멍하니 그를 바라보았다.

“가자.”

커다란 곰처럼 엉거주춤 서 있는 시커먼 사내.

삼패왕 장건두였다.

“당신, 개대가리…… 당신이 어떻게……”

손가락을 까닥거린 장견두가 성큼성큼 걸어 멀어졌다.

두 사람은 서쪽 산마루에 반쯤 걸려 있는 둥근 달을 보며
마주 섰다.

진(津) 외곽의 추수 끝난 마른 논 한복판이다.

노려보는 장견두의 화등잔 같은 두 눈이 이글거렸다. 은은
하던 노여움이 점점 커진다.

"네가 정말 그들을 죽인 거냐?"

밑도 끝도 없는 말이다. 류가 낯을 찌푸렸다.

"알아들을 수 있게 말해주시오."

"정말 그랬다면 너는 나쁜 놈, 개자식이다."

"뭣이?"

"그 불쌍한 놈들이 너에게 무슨 잘못을 했지? 왜 그렇게 때
려 죽였지?"

"대체 무슨 말을 하고 있는 거요?"

"시치미 뗄 생각이냐?"

"……."

"혈수병마(血手病魔) 백무향(白無香)!"

장견두가 버럭 소리쳤다.

"백무향……."

류는 기가 막혔다. 여기서 또 그 이름을 들었기 때문이다.
그것도 장견두에게서라는 게 더 어이없다.

그가 다시 소리쳤다.

“귀염철필 왕상! 귀령마도 왕렴! 사인혈겁 장취모!”

모두 흑룡장의 혈겁 때 류의 손에 의해 죽은 마두들이다.

“대체 왜 그걸……?”

“말해봐, 정말 네놈이 한 짓이냐?”

류는 영문을 알 수 없었다.

“덤벼라.”

멍하니 서 있는 류를 노려보던 장견두가 손바닥에 침을 뱉어 썩썩 문지르더니 낭아봉을 움켜쥐었다.

류는 자신을 지존보로 보내기 전 은밀히 부탁하던 황룡문주 당고한의 말을 떠올렸다. 삼패왕 장견두를 잘 돌봐주라고 하지 않았던가.

그와 황룡문주가 어떤 사이인지는 아직도 알지 못한다. 하지만 황룡문주가 그런 부탁까지 한 걸로 보아 장견두는 마도의 무리가 아닌 게 틀림없었다.

‘그런데 왜?’

왜 그가 갑자기 나타나서는 내 손에 죽은 마두 몇 놈의 이름을 거론하며 이처럼 분노한단 말인가? 하는 의문 때문에 머리가 어지러워졌다.

“안 덤벼? 그렇다면 그냥 뒈져라!”

장견두가 성큼 다가서며 낭아봉을 휘둘렀다.

씨잉―!

무지막지한 그것이 두터운 바람 소리를 내며 정수리로 떨어진다. 바윗덩이를 박살 내던 그것의 위력을 류는 잊지 않고 있었다.

넋을 놓고 있을 때가 아니다.

류가 정신을 차리고 급히 움직였다.

펑—!

마른 논바닥에 커다란 구덩이가 패었다. 그 엄청난 힘에 류가 혀를 찼다.

"덤벼봐!"

장견두의 허연 콧김이 연기처럼 뿜어져 나왔다. 흥분으로 거친 숨을 씩씩거리며 어지럽게 낭아봉을 휘두른다.

일정한 초식이나 투로가 없었다. 그저 마구잡이로 휘두르는 것 같은데 그 어떤 절기, 절초보다 위험해 보였다.

제대로 맞으면 가루가 되고, 피해도 스쳐 가는 풍압에 중심이 흔들릴 지경이니 따로 정교한 초식이 필요없는 건지도 모른다.

"이놈, 이 쥐새끼 같은 놈. 언제까지 도망 다닐 수 있나 어디 보자!"

장견두가 쉴 새 없이 욕을 해대며 핍박했다. 그는 악착같이 쫓아오고 류는 이리저리 뛰고 미끄러지며 필사적으로 달아나는 형세였다.

"장 두령, 잠깐, 잠깐 멈춰보시오!"

다급하게 소리치지만 돌아오는 건 벼락같은 낭아봉이다.

부웅, 부웅 하는 요란한 소리가 허공에 가득 찼다. 미꾸라지처럼 빠져나가는 류에게 더욱 화가 난 듯, 장견두는 이를 악문 악귀 같은 얼굴을 하고 미친 듯 낭아봉을 휘둘러댔다.

접근할 수가 없다.

맥량산의 동굴 앞에서 싸웠을 때와는 천지 차이였다. 그때는 류의 날카로움이 장견두의 무거움을 거뜬히 제압했는데, 지금은 장견두의 무지막지함이 류의 기세를 꺾고 있었다.

장견두는 살기를 풀풀 뿌리지만 류에게는 살의가 없으니 그럴 수밖에 없는 일이다.

"정말 이렇게 무식하게 나올 거요? 그렇다면 나도 봐주지 않겠소!"

다급해진 류가 그런 말로 위협했지만 장견두는 눈 하나 깜빡이지 않았다. 이를 부드득, 부드득 갈며 오직 류의 머리통을 노릴 뿐이다.

쾅!

빗나간 그것이 또 한 차례 요란한 소리를 내며 논바닥에 큰 구덩이를 파놓았다. 그렇게 파인 구덩이가 십여 군데나 된다.

'이래서는 끝나지 않겠군.'

류는 더 이상 그를 진정시키려는 노력을 포기했다. 말로 해서는 안 되는 것이다.

"이얍!"

마음을 모질게 먹은 그가 숨을 끊으며 뒤로 물렸던 발바닥을 비틀었다.

파앙―!

장견두의 옆구리에서 벼락 떨어진 것 같은 소리가 났다.

몸을 비틀어 아슬아슬하게 낭아봉을 흘려보낸 류가 그 탄력을 고스란히 싣고 장견두의 옆구리를 찍듯이 걸어찬 것이다.

쿵, 하는 반탄력이 묵직하게 발끝에 전해지고, 이어서 무릎으로 타고 올라와 저릿저릿해졌다.

'이건?

류가 놀람으로 눈을 크게 뜨고 껑충 뛰어 물러섰다. 장견두는 눈살을 잔뜩 찌푸린 채 몸을 웅크린다.

그 한 번의 발길질은 능히 황소의 갈빗대라도 박살 냈을 만했다. 하지만 장견두는 '음' 하고 신음했을 뿐 멀쩡했다. 오히려 그의 몸에서 팅겨져 나오는 반탄력 때문에 류가 당황했다.

맥량산의 그 장견두가 지금의 이 장견두인지 의심이 든다.

"좋다, 쥐새끼 같은 놈. 이래야 싸울 맛이 나지."

으르렁거린 장견두가 다시 낭아봉을 움켜쥐고 쿵쿵거리며 달려들었다.

"좋아!"

류도 한껏 오기가 치솟아 소리쳤다.

팡!

그의 신형이 꺼지듯 사라졌다. 극쾌의 움직임이 되살아난 것이다.

허공에 파공성이 걸렸을 때 그는 장견두의 가슴속으로 파고들기라도 할 듯 달라붙어 있었다.

두 주먹으로 몸통을 두드리고 좌우로 허리를 비틀며 팔꿈치로 가격하더니 허리띠를 움켜쥐고 무릎을 들어 옆구리를 찍었다. 번갯불이 번쩍이듯 이루어진 극쾌의 권각이다.

퍼퍼퍼퍽!

장견두가 그 커다란 몸을 흔들흔들하며 뒷걸음질쳤다. 뒤꿈치로 쿵쿵거리며 땅을 찍을 때마다 논바닥에 큼직한 발자국이 새겨진다.

빠악!

마지막 요란한 타격음이 그의 단단한 머리통에서 터져 나왔다.

훌쩍 몸을 띄운 류가 던져진 통나무처럼 달려들며 쌍비각의 수법으로 그의 머리통을 무지막지하게 걷어찬 것이다.

바윗덩이라도 박살 냈을 발길질이었지만 장견두는 멀쩡했다.

"어—"

그가 술 취한 사람처럼 머리를 흔들고 비틀거리며 정신없이 물러났다. 조금 전보다 더 깊은 발자국이 찍힌다.

"어떻소? 이제 정신이 좀 들었겠지?"

류가 버티고 서서 차가운 비웃음을 흘렸다. 일 장 밖으로 밀려난 장견두는 아직도 머리를 건들건들하고 있었다. 이번 만큼은 견디기 힘든 충격을 받은 게 틀림없다.

"음, 이건 지독한걸?"

한숨을 길게 내쉰 그가 제 머리통을 툭툭 치더니 핏발 가득한 눈을 부릅뜨고 노려보았다. 잡아먹으려는 듯하다.

"아직 멀었다, 이놈아! 이까짓 주먹질로 이 개대가리 어르신을 이기려고? 흥!"

다시 손바닥에 침을 퉤, 퉤, 뱉고 낭아봉을 움켜쥔다.

"도대체 왜 그러는 건지 이유나 압시다. 그 다음에 싸워도 늦지 않잖소?"

"몰라서 물어?"

"나는 보주님의 명을 받고 전왕을 따라 싸움에 나섰던 것뿐이오."

"흥!"

"이유 따위는 알고 싶지도 않았고, 알 필요도 없었소이다. 그들은 친구가 아니라 적으로 내 앞에 섰소. 검을 휘둘렀지. 그들의 검이 내 몸뚱이를 꿰뚫고, 칼이 내 목을 치기 전에 내 주먹이 먼저 그들의 머리통을 박살 냈던 것뿐이오. 그게 뭐가 잘못되었다는 거지요?"

"그걸 변명이라고 지껄이는 거냐?"

“아니면?”

장견두가 무섭게 류를 노려보았다. 한동안 그들 사이에 침묵이 흘렀다.

“한 가지만 물어보마.”

장견두가 침묵을 깼다.

“얼마든지.”

“이 어르신께 정직하게 대답해야 한다.”

“그러지요.”

“너, 그 권법은 어디서 배웠지?”

“권법? 이게?”

류가 어이없다는 듯 자신의 두 손을 들어 보였다.

“이건 권법도 뭣도 아니오.”

“아니라고? 거짓말을 할 작정이냐?”

“내가 솔직하게 말하겠다고 하면 그런 거요. 나는 이걸 권법이라고 생각해 본 적이 없소.”

“그럼?”

“장 두령도 겪어보았으니 알 거요. 이건 그냥 싸우는 기술이오. 내 마음이 이끄는 대로, 아니, 마음보다 앞서서 손과 발이 먼저 반응하는데, 그걸 그대로 놔둘 뿐이라오.”

“……?”

장견두가 머리를 갸웃거렸다.

“이보시오, 내 주먹질에 어떤 법칙이 있었소? 소림사나 아미파의 권법처럼 일정한 투로가 있었소?"

"그건…… 아닌 것…… 같고……."

잔뜩 눈살을 찌푸렸던 장건두가 다시 말했다.

"그래도 이름은 있을 거 아니냐?"

"굳이 이름을 붙여야 한다면 자연권로(自然拳路)라고 해야겠지요. 말 그대로 어떤 상황에 직면하면 스스로 그렇게 되는 거니 말이외다."

애매모호한 말이다. 하지만 그 말을 들은 장건두가 그것 보라는 듯 손뼉마저 치며 소리쳤다.

"바로 그거야, 바로 그거!"

"응? 뭐가 말이오?"

"너, 그 비결은 어디서 배웠지? 자연권로인지 지랄인지 하는 그게 나오게 된 데에는 까닭이 있을 것 아니냐? 설마 그것까지 저절로 깨달았다고 말하지는 않겠지?"

"지금 무얼 알고 싶은 거요?"

지그시 노려보던 장건두가 툭, 던지듯 말했다.

"구양진결이지?"

"헛!"

그 한마디에 류가 크게 놀라 헛바람을 들이켜며 주춤 물러섰다. 그를 노려보는 장건두의 눈이 불을 담고 이글거렸다.

"맞구나. 역시 구양진결이었어."

"당신, 당신이 그것을 어떻게……."

“흐흐흐흐, 귀신은 속여도 이 개대가리 어르신의 눈을 속
일 수는 없지.”
　장건두의 음흉한 웃음이 끈적끈적하게 달라붙는 것 같아
서 류는 저도 모르게 부르르 몸을 떨었다.

# 第十三章

## 패왕칠결(覇王七訣)

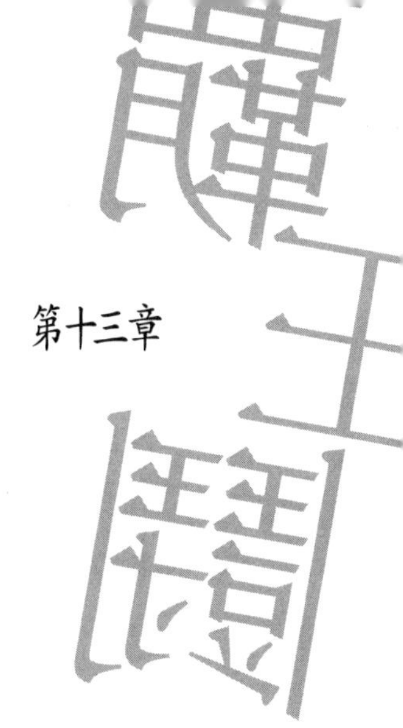

# 第十三章

　두 사람은 이제 논둑 위에 나란히 앉아 있었다. 죽이려고
싸웠다는 기억은 그새 다 잊어버린 것 같다.

　"패왕칠결이라고요?"

　"지존보주가 어려서부터 익힌 게 그중 제일결인 패왕검결
이다."

　"나머지는?"

　"그들이 마교로 불렀던 곳에 네 개가 있었지. 하나는 사라
졌다고 했는데……."

　장건두가 의미심장한 눈길로 류를 바라보았다.

　"지금 네가 가지고 있는 그것이지."

“구양진결이란 말인가요?”

“그렇다. 하지만 말만 전해지고 있었을 뿐 실체가 없었으므로 믿는 사람이 드물었다.”

“그래요?”

“구양진결은 마지막 칠결인데 다른 육결과는 달랐다. 내가 들은 바로 그것은 무공기서가 아니었어.”

“아니면?”

“패왕육결의 해설서 같은 것이라고 하더라. 구양무존께서 어떻게 그것을 모두 얻었는지는 모르지만 말년에 육결에 두루 통해서 깊은 깨달음을 얻고 그것을 집대성하여 무학의 지고한 도리와 원리를 밝혀놓은 책이라고 전해진다. 그러니까 세상 사람들이 알고 있는 그런 절세적인 무공 비급은 아니라는 거지.”

“……”

“누구도 그것을 본 사람이 없으니 그렇게 추측할 뿐이야. 아마도 구양무존의 입에서 흘러나온 말이었을 거다. 입에서 입을 통해 그동안 계속 은밀하게 전해져 왔던 거야.”

류는 비명에 죽은 사부를 떠올렸다. 사부는 수십 년 동안 그 책을 찾아 은밀히 세상을 뒤지고 다녔다고 했다. 그것은 사부가 전해 들은 그 책에 대한 말이 그 어떤 사람이 들었던 것보다 구체적이었다는 걸 짐작하게 해준다.

그렇다면 사부는 구양진결의 실체를 잘 아는 사람과 깊은 관계였을 거라는 짐작도 할 수 있었다.

'하지만 상관없다.'

류는 그렇게 스스로에게 말했다.

사부가 누구를 알았든, 그래서 어떤 단서를 얻었든 그건 이제 아무 소용이 없다. 사부님은 비명에 돌아가셨고, 사저와 사형들도 모두 그렇게 죽었다.

그것만이 중요하고, 결코 잊어서는 안 되는 사실인 것이다.

류가 무심하게 물었다.

"당신도 그렇게 들어서 안 거요?"

"호호호, 나에게 무공을 가르쳐 준 사람이 누구인지 아느냐?"

엉뚱한 질문을 한다. 류가 피식 웃는 것으로 대답을 대신했다. 장견두가 어깨를 우쭐거리며 말했다.

"귀신이었지."

"응?"

"그 귀신이 뭐 하는 귀신이었는지 아냐?"

"……?"

"마교를 수호하는 천지인 세 명의 밀법사자(密法使者) 중 한 명이었다."

"그럼 당신의 뿌리는 마교로군? 이제 알겠어."

류가 머리를 끄덕였다. 그는 장견두가 백무향 등의 죽음을 두고 왜 그렇게 화를 냈던 건지 이해할 수 있었다.

그들은 사라진 마교의 잔당이었고, 과거 이차 정사대전에서 살아남은 몇 안 되는 고수 급 인물들이었기 때문이다.

"구양진결과 구양무존에 대한 이야기는 그럼 세상에 두루 퍼졌겠군요?"

"그렇지 않아."

"어째서?"

"흐흐, 그건 마교에만 은밀히 전해져 온 비전 같은 것이었다. 마교 내에서도 상층부의 몇몇 사람들만 그런 게 있다는 걸 알고 있었지."

"이상하군."

류가 잔뜩 눈살을 찌푸렸다. 사부가 구양진결의 존재를 알고 그것을 손에 넣었다는 게 마음에 걸렸기 때문이다.

"대체 당신의 사부라는 그는 누굽니까? 아직 살아 있소?"

"왜? 그 귀신에게 찾아가서 물어보려고?"

"당신이 말해준다면 그런 수고를 하지 않아도 되니 고마운 일이지요."

"흐흐흐, 꼬마야, 아깝게도 내가 아는 건 그것뿐이구나. 그러니 더 기대하지 마라."

"그렇다면 당신의 사부에 대해서 이야기해 주시오."

"귀신은 알아서 뭐 하게? 귀신과 가까이하면 안 좋다."

장견두가 머리를 설레설레 저었다.

류는 잠깐 망설였다. 장견두의 고집은 목에 칼을 들이대도

꺾이지 않을 것이다. 그를 달래서 스스로 입을 열게 하는 수뿐인데, 마땅한 방법이 없었다.

고민하던 류가 한숨을 쉬고 말했다.

"좋소, 차차 알아보도록 하지. 그건 그렇고, 당신은 어떻게 내가 그것을 익혔다는 걸 알았소?"

류를 물끄러미 바라보던 장견두가 벙긋 웃었다.

"처음 보았을 때 알아봤지."

"맥량산에서라고?"

"네가 싸우는 모습을 유심히 지켜보았다. 네 반응과 움직임을 보고 있으려니 느낌이 오더군. 아, 그거로구나 하고 말이야. 그래서 직접 시험해 보기도 했지."

"음, 그래서 당신은 부하들이 그렇게 죽어나가는데도 굴속에서 꼼짝하지 않고 있었던 것이로군."

"산적 놈들이야 뭐 어디 가든 있잖아? 아무 놈이나 붙잡아다 부하로 삼으면 되니 아까울 것 없지."

잠시 생각에 잠겼던 류가 장견두를 똑바로 바라보았다.

"이제 알겠어. 당신은 그 패왕칠결 중 하나를 얻은 사람이군요. 그러기에 내 움직임에서 구양진결의 그림자를 볼 수 있었던 거야. 맞지요?"

"흐흐흐, 그렇다."

장견두는 부정하지 않았다.

"나는 제사결인 대력금강결(大力金剛訣)을 익혔다."

“그럼 당신도 마교의 인물이었소?”

예상했던 일이었지만 정작 장견두의 입으로 듣자 놀라지 않을 수 없었다.

‘그렇다면 황룡문주는?’

퍼뜩 그런 생각이 떠올랐기 때문이다.

그는 장견두에 대해서 진심으로 걱정해 주던 사람이다. 그건 장견두와 그의 관계가 심상치 않다는 증거 아니겠는가.

류가 잔뜩 긴장하여 장견두를 뚫어지게 바라보았다. 멍하니 있던 장견두가 천천히 말했다.

“나는 한 번도 마교에 몸담지 않았다. 하지만 내 뿌리가 그곳에 있으니 아니라고도 할 수 없겠지. 에휴, 그놈의 귀신을 만난 게 내 인생 최대의 실수였어. 쳐죽일 늙은 귀신 같으니…….”

“그는 당신의 사부가 아니오? 어떻게 그렇게 말할 수 있지?”

“흥, 사부는 무슨. 아버지 같은 사람이지. 너는 네 아버지한테 글을 배웠다고 아버지를 사부라고 하나? 그런데 그 아버지가 귀신이었다면 너는 아버지를 귀신이라고 하겠느냐? 아니면 귀신을 아버지라고 할래? 나를 봐. 내가 귀신같이 생겼냐? 아니지? 그러니 그 귀신과 나는 상관이 없는 거야. 사람하고 귀신하고 가까워질 수가 없는 거지. 그래서 나는 사람이고 그 늙은 귀신은 귀신이다. 내버려 둬도 뭐 곧 뒈질 거야.

어때? 내 말이 멋지지 않냐? 커흠."

다시 말에 두서가 없어진다. 류가 눈살을 찌푸렸다.

그는 장견두가 정말로 정신이 왔다 갔다 하는 건지, 아니면 곤란에서 빠져나오기 위해 일부러 그런 척하는 건지 종잡을 수 없었다.

류가 다시 물었다.

"이건 똑바로 대답해 줘야 하오, 아주 중요한 일이니까."

"뭘?"

"조금 전 당신은 지존보주께서 제일결인 패왕검결을 익혔다고 하지 않았소?"

"내가? 언제?"

"시치미 떼도 소용없소."

"그럼 너는 마교의 우두머리냐? 마왕이야? 무섭네."

"헛소리 마시오."

류가 정색을 했다.

'이 사람은 멍청한 게 절대로 아니다. 어쩌면 지나치게 영리한 건지도 모른다.'

그런 생각이 들었다. 제가 하려는 말을 장견두가 정확히 짐작하고 미리 입막음을 했기 때문이다.

류는 '그렇다면 조작량도 마교의 인물이 아닐까?' 하고 잠깐 의심했지만 장견두의 말을 듣고 나서 그렇지 않을 것이라고 생각했다.

자기가 구양진결을 얻었으나 결코 마교의 무리가 아닌 것과 같다.

그때, 백무향이 죽기 전 무언가 할 말이 있는 것처럼 보였던 것이, 그의 눈 속에 떠올랐던 의문이 무엇인지 비로소 짐작이 되었다.

그는 구양진결의 존재를 잘 알고 있는 사람 중 한 명이었던 것이다.

장견두가 위협적으로 바라보며 말했다.

"자, 이제 네놈이 말할 차례다. 이 어르신께 다 털어놔. 네놈은 그것을 어디에서 얻었지? 허튼소리 할 생각은 아예 버려라."

솥뚜껑 같은 주먹을 들어올리며 눈을 부라린다. 류가 피식 웃었다.

"내 사부님이 주셨다고 말하지 않았던가요?"

"그럼 네 사부는 누구냐?"

"귀신이오."

"뭐라고? 너도 귀신한테서 배웠어?"

장견두가 놀란 듯 눈을 끔뻑이며 입을 쩍, 벌렸다. 그러더니 혼란스러운 듯 제 머리를 벅벅 긁어가며 중얼거렸다.

"이상하다. 그 귀신이 언제 너 같은 놈을 제자로 두었단 말인가? 그런데 너는 왜 나에게 그 귀신을 물었지? 그 귀신이 어떻게 구양진결을 알았지?"

빙글빙글 웃고 있는 류를 바라보더니 비로소 속았다는 걸 알았는지 버럭 소리쳤다.

"이 쥐방울만 한 놈이 감히 어르신을 속여?"

"가겠소."

"가긴 어딜 가?"

"당신이 당신의 사부에 대해서 말해주면 나도 내 사부에 대해서 말해 드리지요. 쳇, 그전에는 어림도 없소."

"어, 어?"

재빨리 손을 뻗었지만 허공을 움켜쥐고 만 장견두가 넘어질 뻔한 몸을 가까스로 세우고 멍하니 바라보았다.

류는 벌써 새벽 어둠 저쪽으로 사라지고 있었다. 놀란 노루보다 재빠른 신법이었다.


'없다!'

류가 당황하여 사방을 두리번거렸다.

손바닥만 한 방이다. 숨을 곳이 있을 수 없다. 그런데 염가연은 어디에도 없었다.

흐트러진 이불과 활짝 열려 있는 창문.

'달아났나?'

그런 생각도 들었지만 곧 부정했다. 그녀가 자신을 놔두고 갈 리가 없기 때문이다.

그렇다면 결론은 하나밖에 없다.

류가 재빨리 창문 밖으로 몸을 날렸다. 창틀을 가볍게 차고 그 탄력을 빌어 몸을 숫구치는 게 밤 부엉이처럼 은밀하다.

객잔의 지붕 위에 올라선 류가 다시 사방을 두리번거렸다. 희미해진 새벽빛 아래 멀리까지 뿌옇게 보였지만 사람의 종적은 어디에도 없었다.

'장견두!'

퍼뜩 그런 생각이 스쳐 갔다.

류가 지붕을 박차고 몸을 날렸다. 쏜살같다.

'교활한 개대가리 같으니.'

그에게 속았다는 게 분해서 견딜 수 없을 지경이 되었다.

그가 괜히 불쑥 찾아와 저를 끌어내고 싸움을 걸었던 게 아니었다. 백무향 운운한 건 핑계였을 것이다.

논두렁에 주저앉히고 패왕칠결에 대한 이야기로 시간을 끌고 있을 때 눈치 챘어야 했다.

순진하게도 장견두에게 속아 넘어간 자기 자신에 대한 화가 걷잡을 수 없이 치솟았다.

그와 싸우던 논바닥에 이르렀지만 장견두의 모습은 어디에도 없었다. 눈앞이 깜깜해진다.

멍하니 서 있기만 하던 류는 제가 더 할 수 있는 일이 없다는 걸 깨닫고 무기력해졌다.

혈로를 혼자서 뚫어가며 여기까지 온 게 다 허사가 되었으니 허탈해진다.

터벅터벅 객잔으로 돌아온 류는 아침이 훤히 밝았지만 떠나지 못했다.

이곳마저 떠난다면 영영 그녀와 끈이 닿지 못할 것 같은 생각에 아쉬움이 들어서였다.

'만약 나에게 볼일이 있어서 그녀를 납치해 간 거라면 놈들은 반드시 연락을 해올 것이다. 그때까지 기다릴 수밖에.'

그런 희망을 가져 보지만 그건 가능성이 희박한 일이었다.

류는 범인이 바로 자신들을 공격했던 곽빙호일 것이라고 믿었다. 그놈은 처음부터 염가연을 노리고 있었으니 그녀를 납치해 간 이상 연락 따위를 해올 리가 없다.

그렇게 생각하면서도 미적거리는 건 미련 때문이었다. 아니, 안타까움이고 초조함 때문이다.

아는 자라고는 스스로를 곽빙호라고 밝힌 그놈 하나뿐이니 답답하기 짝이 없었다.

이 넓은 천하 어디에 가서 곽빙호라는 이름을 가진 놈을 찾는단 말인가. 또 그놈이 거짓 이름을 가르쳐 주지 않은 거라고 어떻게 믿는단 말인가.

'지존보에 돌아가면 이 일을 뭐라고 보고해야 한단 말이냐.'

그런 걱정도 컸다.

보주가 길길이 날뛸 게 틀림없었다.

염가연의 호위로 나가서 오십 명이나 되는 검기령의 검사들이 모두 죽었고, 영주 단목향은 제멋대로 떠나 버렸다.

결국 염가연마저 잃어버리고 혼자 돌아간다면 돌아올 문책은 불을 보듯 뻔했다.

당장 목이 날아가리라.

"휴—"

사람들이 끊임없이 오가는 주청 구석에 앉아 맥없이 한숨만 쉬기를 얼마나 했을까. 어느덧 시간은 점심 무렵을 향해 달려가고 있었다.

급하게 달려오는 말발굽 소리가 진동하더니 곧 한 떼의 무사들이 들이닥쳤다.

백의에 백색 건을 쓰고 가죽 장화를 신은 사람들. 황금빛 허리띠에 호랑이의 두상을 조각한 옥패를 매달고 있었다. 백천수호대 호기령(虎旗嶺)의 검사들인 것이다.

두리번거리던 자들 중 한 명이 구석에 고개 숙이고 앉아 있는 류를 발견하고 흠칫 놀랐다. 곧 일행에게 손짓을 하고 곧장 다가왔다.

"너!"

버티고 서서 부르는 자. 류는 그자가 호기령의 조장인 삼검 양극환(楊極煥)이라는 걸 안다.

류가 천천히 주위를 둘러보았다. 호기령의 제삼조 열 명의 검사가 기세등등하게 서서 노려보고 있었다.

이곳에서 지존보까지는 사오백 리 거리. 그들은 새벽에 지

존보를 나와 황하를 건너고 쉴 새 없이 말을 달려왔을 것이
다.

"어떻게 된 거냐? 각주님은 어디 계시지?"

양극환이 매섭게 물었다.

물끄러미 바라보던 류가 피식, 웃었다.

"검기령은? 영주는 어디 계신 거냐?"

"다 죽었어."

"무엇이?"

양극환의 얼굴빛이 하얗게 변했다.

"묶어라!"

그의 호령에 호기령의 검사들이 우르르 달려든다. 류가 천
천히 몸을 일으켰다.


*        *        *


"끝내 놈들을 찾지 못했습니다."

보고하는 밀천의 천주 병제갈 가운악의 음성이 가늘게 떨
려 나왔다.

"허허—"

조작량의 웃음이 허탈하다.

한동안 멍하니 허공을 바라보고 있던 그가 무겁게 입을 열
었다.

"옥봉각주는? 무사히 돌아오고 있겠지?"

어깨를 부르르 떤 가운악이 기어들어 가는 음성으로 보고했다.

"조금 전 호기령의 삼조로부터 연락이 왔습니다. 각주는, 각주는……."

"……."

"사라졌답니다."

"허허—"

조작량의 웃음이 더욱 허탈해졌다.

귀찮다는 듯 손을 내저어 가운악을 물리친 조작량이 입술을 깨물었다. 점점 무심해지고, 눈빛 또한 깊은 어둠으로 가라앉는다.

"귀령."

"……."

"어찌 생각하느냐?"

허공에 한동안 침묵이 흐르고, 웅웅 울리는 음성이 낮게 들려왔다.

"종은 다만 명을 기다릴 뿐입니다."

"……."

그러나 조작량은 한참이 지나도록 아무 말도 하지 않았다. 침묵만 더욱 깊고 무거워진다.

대전 안에 어둠이 짙어졌지만 불을 밝힐 생각도 잊은 듯 묵묵히, 지루한 침묵을 지키고 있는 이 시대의 절대자를 바라보면서 귀령은 숨이 막혀 질식할 것만 같았다.

피 냄새가 진동하고 썩어가는 주검의 악취가 뼛속에 스며드는 것 같아서 진저리가 쳐진다.

'과연 감당할 수 있을까?'

그런 의문이 귀령의 억눌린 숨통을 더욱 억눌렀다.

그는 곧 강호에 한바탕 혈겁이 있으리라는 걸 예감했다. 주인의 저 깊은 침묵이 그걸 예고해 주고 있는 것이다.

'그들은 옥봉각주를 건드리는 게 아니었다.'

누구인지 모르나 어리석은 놈들이라는 생각이 들었다. 잠자고 있는 사자를 두드려 깨운 꼴이니 곧 제 몸뚱이가 갈기갈기 찢기고 뼈가 씹히는 소리를 듣게 되리라.

"언젠가는 이런 날이 오리라고 생각하고 있었지."

조작량의 음울한 음성이 어둠 속에서 낮게 가라앉았다.

"나는 이 평화가 깨지기 않기를 간절히 바랐다. 하지만 그들은 이것을 굴욕의 시절이라고 여기고 있었던 거야. 그게 가진 자와 빼앗긴 자의 차이겠지."

귀령이 소리 죽여 침을 삼켰다.

"내가 그동안 너무 나태해 있었더냐?"

"주군, 그것은……."

"허허, 너도 그렇게 생각하는구나."

"……."

"다들 이 조작량이 늙어서 이 빠진 호랑이가 되었다고 수
군거리겠지."

"주공은 무신이십니다. 누가 감히……."

"검기령의 검사들이 모두 죽었고, 검기령주는 실종되었다
고 한다."

말속에 조금씩 힘이 들어가고 있었다.

"화천비룡대의 일백 무사들이…… 전멸당했다."

"……."

"그런데도 흉수가 누구인지, 어떤 놈들이 그런 짓을 했는
지조차 밝혀내지 못했다. 그자들은 동료들의 주검을 모아 불
에 태워 알아볼 수 없게 하고 모두 흩어졌다. 지독하고 철저
한 놈들이지."

벌판에는 곽기가 이끌고 갔던 일백 전사들의 주검만 즐비
하게 널려 있을 뿐, 그보다 훨씬 많았을 적도의 모습은 바람
에 흩어진 연기처럼 종적없이 사라져 버리고 만 것이다.

죽은 자마저 불에 태워 버려 단서가 없으니 흉수를 알아낼
수 없다.

"제남부에 심어놓았던 채반자들이 한날한시에 모두 사라
졌을 때 이와 같은 일들이 일어날 것을 예측했어야 했다."

조작량의 얼굴에 후회의 기색이 떠올랐다.

"그동안 밀천유운대는 너무 편한 날들을 보냈어. 그들의
감각은 무뎌졌고, 직관과 판단력이 늙은이처럼 둔해졌다."

팔걸이 위에 올려놓은 손에 힘이 들어간다. 주먹을 꽉 움켜쥐었다.

밀천유운대는 제남부의 사건을 심각하게 생각하고 좀 더 적극적으로, 철저히 파헤쳐야 했다. 하지만 그런 보고를 받았을 때 조작량 자신 또한 흉수를 찾아 엄단할 걸 지시했을 뿐 크게 주의를 기울이지 않았다.

조작량은 병제갈 가운악과 그의 밀천유운대가 나태해진 것처럼 자기 자신도 그렇게 되었다는 걸 인정하지 않을 수 없었다.

부끄러운 일이다.

침통해진 얼굴을 숙이고 있던 그가 다시 말했다.

"서문표는?"

"석 달 전 연락이 있은 이후 아무 소식도 전해오지 않았습니다."

"그를 불러들여야 하나?"

조작량이 머뭇거리며 그렇게 말했다. 제 자신에게 묻는 것이다.

다시 한동안의 침묵을 지키던 조작량이 빙긋 웃었다.

"그놈은 참 알 수 없는 놈이다."

"……?"

"류라는 놈 말이다."

귀령이 바짝 긴장하여 숨을 멈추었다. 조작량의 무심한 듯

한 말이 계속되었다.

"다 죽었는데 그놈 혼자 멀쩡히 살아 있다. 옥봉각주는 사라졌는데 그놈은 태연히 보로 돌아오고 있다."

"······."

"귀령."

"하명하소서."

어둠 속에서 귀령의 음성이 가늘게 떨렸다. 그와 같은 일은 없었다.

힐끔, 의아한 눈길을 던졌던 조작량이 무감정한 어투로 물었다.

"그놈을 죽일 수 있겠느냐?"

"속하는······."

"그렇지, 너는 안 될 거야. 네가 상대할 놈이 아니다."

"······."

"부끄럽게 생각할 것 없다. 내 짐작이 맞는다면 너는 그놈의 적수가 될 수 없어."

꿀꺽, 하고 귀령의 마른침 삼키는 소리가 들렸다. 역시 이전에는 없던 일이지만 조작량은 개의치 않았다.

지존보에는 고수들이 구름처럼 많다. 하지만 그들 중 과연 몇 명이나 지금의 류를 제압할 수 있을지는 이제 조작량조차 알 수 없게 되고 말았다.

그리고 그는 다른 사람에게 류를 죽이라는 명령을 할 수 없었다. 저의 치부가 드러나게 될 것이기 때문이다.

류가 황룡문의 보잘것없는 삼류위사로 지존보에 들어온 지 채 일 년이 되지 않았다. 처음에는 다들 촌놈이라고 얕잡아보았는데 그는 어느새 조작량이 함부로 할 수 없을 만큼 거물이 되어 있었던 것이다.

조작량은 류의 정체가 무엇인지, 그가 무슨 목적으로 지존보에 들어왔는지 궁금했지만 내색하지 못했다. 자기가 그를 불러들였기 때문이다.

그놈이 도대체 어디에서 그처럼 막강한 무공을 배웠고 익혔는지도 알 수 없었다. 아직 한 번도 류가 싸우는 모습을 직접 본 적이 없으니 그렇다.

사람들의 말을 통해서, 그리고 결과를 통해서 류의 무위를 짐작했을 뿐인데, 그 짐작의 수위가 매번 높아져야만 했으니 기이한 일이었다.

'당고한…… 그가 설마…….'

마음속에 엉뚱하고 불길한 생각이 빠르게 스쳐 지나갔다. 조작량은 머리를 흔들었다. 당고한은 절대로 그럴 사람이 아니다. 그런 일이 있어서도 안 되는 것이다.

조작량은 문득 외로워졌다. 가끔씩 느끼는 감정인데 지금처럼 뼈저리게 느껴진 적이 없다.

모든 판단은 조작량이 하고 결정도 그가 해야 하는 것이다.

기대고 의지할 사람이 없다는 것.

절대자가 지닐 수밖에 없는 외로움이었다.

"나는 너무 멀리 떠나와 있었구나."

길고 긴 침묵 끝에 그가 중얼거리듯 말했다.

'이제는 돌아갈 수가 없어…….'


*      *      *


그 밤이 지나가고 새벽 여명이 밝아왔을 때 백천수호대 호기령의 검사들과 류가 돌아왔다.

그는 즉시 보 내의 규칙대로 천주인 옥기린 남궁선에게 나아가 보고를 했다. 원래는 영주인 단목향이 해야 하는 일이지만 살아 돌아온 자로는 류가 유일하니 그가 대신한 것이다.

기린전(麒麟殿) 앞뜰은 삼엄하고 침통한 분위기에 잠겨 있었다. 오십 명의 검수가 위풍당당하게 떠나서 한 사람만 돌아왔으니 그렇다.

그 한 사람. 류가 천천히 걸어 들어와 계단 아래에 섰다.

굳게 닫혀 있던 기린전의 문이 활짝 열리고, 저 멀리 안쪽 높은 단 위에 석상처럼 앉아 있는 남궁선의 모습이 흐릿하게 보였다.

전각 안에서 영주들이 나와 좌우로 늘어섰다. 검기령의 깃발이 없다. 용호표 삼 개 령의 깃발만 펄럭이는 것을 보면서 류는 마음이 말할 수 없이 착잡했다.

늘어선 영주들이 싸늘한 눈길을 보내온다.

뜰 좌우에 가득 들어찬 검사들은 침묵을 지켰다. 숨소리마저 들리지 않는 무거운 적막.

"보고하라."

전각 안의 어둠 속에서 남궁선의 음성이 웅웅 울려 나왔다.

류가 천천히 말했다.

"보시는 바와 같습니다."

"그들은?"

묘한 비웃음이 담겨 있다. 류의 입꼬리가 살짝 말려 올라갔다.

그가 천주보다 더 냉랭한 음성으로 대답했다.

"이미 들어 알고 계실 터. 그것과 다름이 없습니다."

"이놈!"

성미 팔팔한 표기령주 구양준(九陽俊)이 버럭 소리쳤다. 류가 느릿느릿 눈길을 돌려 높은 계단 위의 그를 노려보았다. 눈길에서 한광이 쭉, 뻗어나간다.

"내가 그대의 수하인가?"

거침없는 말. 구양준의 눈꼬리가 찢어질 듯 치켜 올라갔다.

"무, 무엇이?"

"나는 검기령 소속이다. 검기령의 깃발은 어디 있는가?"

“저, 저놈이!”

“나에게 물을 사람은 천주다. 그대는 상관없으니 나서지
마라.”

“에잇!”

화를 참지 못한 구양준이 검자루를 움켜쥔 채 앞으로 나섰
다.

“조용히!”

남궁선의 낮은 꾸짖음이 그의 발을 붙들었고, 구양준은 마
지못해 제자리로 돌아갔다. 분한 숨을 씩씩거리며 류를 잡아
먹을 듯 노려보았지만 류는 눈썹 하나 까딱하지 않았다. 다시
눈길을 돌려 전각 안의 어둠을 바라본다.

그리고 천천히, 그러나 다부진 음성으로 말했다.

“우리는 모두 용감하게 싸웠고 장렬하게 죽었소. 그들은
돌아오지 못했지만 나는 이렇게 살아 돌아왔소. 그게 죄가 된
다면 천주는 내게 그 이유를 말해주어야 할 것이오.”

류의 항변은 당당했고 정당했다.

“영주는?”

한참 만에야 남궁선은 그렇게 묻는 것으로 끝낼 수밖에 없
었다.

“그녀의 실종은 그녀의 일이지 내 일이 아니오. 나에게 영
주마저 보호해야 할 의무는 없소.”

류는 그녀가 지존보를 떠났다고 말하지 않았다. 싸우는 와

중에 실종되었다고 얼버무렸지만 남궁선은 거기에 대해서 더 물을 수 없었다. 보주가 류를 기다리고 있다는 걸 알기 때문이다.

기린전을 떠난 류는 잠시 후 다시 한 번 그 일에 대한 보고를 해야 했다. 이번에는 보주인 조작량의 면전에서였다.


『패왕투』 4권에 계속…

# 다세포 소녀 원작 만화 출간!!

# 초등학생이 반드시 읽어야 할 좋은 책 49권

각 학년별로 초등학생이 반드시 읽어야할 좋은 책을
선정하여 통합논술의 기본이 되는 '올바른 독서법'을
일깨워 줍니다.

## 교과서와 함께하는
## 초등학교 통합논술

초등1학년 | 값 12,000원 / 초등2학년 | 값 9,500원 / 초등3학년 | 값 11,000원 / 초등4학년 | 값 9,500원 / 초등5학년 | 값 9,500원 / 초등6학년 | 값 11,000원

### ♣ 혼자 할 수 있어요.

엄마가 책 읽는 방법을 가르쳐 주어도 좋아요.
독서지도하는 선생님이 가르쳐 주어도 좋답니다.
"초등 교과서와 함께하는 **통합논술 시리즈**"는
아이 스스로 독서할 수 있도록 꾸며진 책이에요.
엄마와 선생님은 요령만 가르쳐 주시면 된답니다.

### ♣ 교과서의 중요한 내용이 총정리되어 있어요.

각 학년별로 중요한 교과 내용이 함께 수록되어 있어요.
초등학생은 교과서 내용을 충실하게 공부해야합니다.
아울러 그와 병행한 독서가 대단히 중요하지요.
"초등 교과서와 함께하는 **통합논술 시리즈**"는
두가지 방법 모두 알려준답니다.

### ♣ 이 책은 훌륭하신 선생님들이 함께 쓰신 책이랍니다.

동화작가 선생님들이 쓰셨어요. 소설가 선생님도 쓰셨답니다.
국어 논술독서지도 선생님들도 함께 쓰셨지요.
"초등 교과서와 함께하는 **통합논술 시리즈**"는
엄마의 마음으로 모든 선생님들이 함께 꾸민 책이랍니다.

# 입소문을 통해 아는 분은 다 알고 계십니다!
# 올 한해 공인중개사 최고의 화제작!

1~2권 합본 | 이용훈 지음
3~4권 합본 | 이용훈 지음
5~6권 합본 | 이용훈 지음
용 어 해 설 | 이용훈 지음
1~2차 문제풀이집 | 이용훈 지음

## 수험생 기본 필독서
# 만화 공인중개사

**제목 : 만화공인중개사 쓰신 분에게 감사드립니다.**

학원을 두달 다녔어요. 근데 과연 그 숫자 외우기 그렇게 몇 문제나 나올까 생각을 했어요.

아니라는 생각이 드네요. 학원강의를 뒤로 하고 서점을 갔어요. 내 머리에 가장 이해될 수 있는

책이 없나 하구요. 거기서 만화를 발견했어요. 무조건 세번 봤어요. 3개월 걸렸어요. 문제 집을

보라고 했는데 그건 시행을 못했어요. 근데 합격을 했네요.

어떻게 감사의 말을 해야 될지…

도서관에서 만화책 들고 다니니까 사람들이 비웃더라구요. 만화책으로 공인중개사를 공부한

다고 미친사람처럼 보더라구요. 근데 그거 다 감수하고 했던 내가 자랑스럽습니다.

어떻게 감사의 말을 해야 할지 정말 감사합니다.

부디 행복하세요. 제 나이 41살에 좋은 스승을 만난 거 같습니다.

엎드려 감사드립니다.

－본사 홈페이지에 독자분이 올린 메일 中에서 발췌－

# 잘나가고 싶은 사람은 읽어라!

**그에게 한눈에 반했다! 그것은 분위기 탓?**
**애인과 나란히 걸어갈 때 당신은 좌, 우 어느 쪽에 서는가?**
**이성은 왜 서로 끌리는 걸까? 그 심층 심리를 해명한다!**

# 30초의 심리학

■ **30초의 심리학**
아사노 하치로우 지음 / 계일 옮김 | 값 8,500원

처음 본 사람인데 와 닿는 느낌이
너무나도 강렬한 사람이 있다.
흔히 하는 말로 '필이 꽂힌 사람',
그래서 잊혀지지 않는 사람,
한눈에 반했다고 하는 것이 바로 그것이다.
이런 인간의 감정을 논하는 데
남녀의 구분이 있을 수 없다.
사랑하는 그, 혹은 그녀를
생각하는 것만으로도 가슴이 두근거린다.
이상할 것 없다. 당연히 그럴 수 있는 것이다.
그렇기에 인간을 감정의 동물이라 하지 않는가.
그러나 그렇게 좋아하는 그 사람이
어느 날 갑자기 싫어지는 경우는 왜일까?

**Psychology**